Tödlicher Glühwein

Tödlicher Glühwein

19 Weihnachtskrimis aus Rheinhessen
hg. von Claudia Platz und Angelika Schulz-Parthu

LEINPFAD
VERLAG

Die Handlung und alle Personen sind völlig frei erfunden;
Ähnlichkeiten wären rein zufällig.

© Leinpfad Verlag
2. Auflage Winter 2013

Umschlag: kosa-design, Ingelheim
Lektorat: Claudia Platz, Angelika Schulz-Parthu und Kristin Heehler
Layout: Leinpfad Verlag, Ingelheim
Druck: TZ Verlags & Print GmbH, Roßdorf

Leinpfad Verlag, Leinpfad 5, 55218 Ingelheim,
Tel. 06132/8369, Fax: 896951
E-Mail: info@leinpfadverlag.de
www.leinpfadverlag.com

ISBN 978-3-942291-67-5

INHALT

Alles sieht so festlich aus

Vor dem ersten Advent

DIE GOLDENE KUGEL
Heidi Moor-Blank

Er hatte den perfekten Platz gefunden, mit freiem Blick auf die Bühne. Er schob die Mütze tiefer ins Gesicht und zog den Schal bis über die Nase.

Es war kalt.
Der Ton der Trompete klang grässlich schief, aber das „Kommet ihr Hirten" war auch eine ziemliche Zumutung für die Bläsertruppe auf der Bühne.
Endlich war es soweit.

Er kniff das linke Auge zusammen und taxierte mit dem rechten die Bühne. Die starke Vergrößerung machte ihn für einen Augenblick orientierungslos. Doch dann hatte er ihn im Visier.

Der Oberbürgermeister begann seine Eröffnungsrede. In der rechten Hand einen Glühweinkrug, in der linken ein mehrseitiges Manuskript.

Seine Frau, die Frau Oberbürgermeister, wie sie sich stets mit Nachdruck und großer Ernsthaftigkeit nennen ließ, stand neben ihm und schaute voller Bewunderung zu ihm auf. Ihr Lächeln war breit und wie eingefroren. Man konnte nicht erkennen, ob es an den Temperaturen oder an der Dauer lag, die sie dieses Lächeln schon lächelte.

Seit dreißig Jahren stand sie an der Seite ihres Mannes, seit zwanzig an der Seite des Oberbürgermeisters. Es war ihre Passion, ihre Erfüllung. Sie repräsentierte für ihr Leben gerne und hatte inzwischen einen großen Fundus an exquisiter Garderobe angesammelt.

Heute war Rubinrot angesagt. Rubinrot passte wunderbar zu ihrer Rubensfigur. Der Pelzmantel in Leopardenoptik – rubinrot – war zwar etwas gewagt für ihr Alter, aber die ganze Stadt hatte sich an ihre Exzentrik gewöhnt und wäre wohl eher enttäuscht gewesen, trüge sie heute einen grauen Wollmantel zu einer gesitteten Dauerwelle.

Nein, sie enttäuschte nicht.

Rubinrote Stiefel mit Dezimeter-Absatz, die passende rubinrote Oversized-Handtasche, Hütchen und Muff aus Fell in gleicher Farbe ergaben ein perfektes Bild, in das sich ihre rubinroten Bäckchen wunderbar einfügten, obwohl hier wohl eher die Kälte dran schuld war.

Jetzt trat sie an den Rand der Bühne, wisperte dort kurz mit dem Christkind, das auf seinen Einsatz wartete, und stöckelte dann die Stufen hinunter, um sich die Eröffnung von dort aus anzusehen. Sie stand zwischen einem Holzbüdchen mit Christbaumkugeln in allen Größen und Farben und einem prächtig geschmückten Weihnachtsbaum, fast vollständig verdeckt von einer großen Nikolausfigur.

Er verfolgte ihren Weg durch die stark vergrößernde Linse. Es war doch so gar nicht ihre Art, eine Bühne freiwillig zu verlassen. Er sah ihr gefrorenes Lächeln und sein Herz stolperte für einen winzigen Moment.

Der Oberbürgermeister sprach immer noch. Das Dampfen aus seinem Glühweinkrug hatte aufgehört und die Glocke des mächtigen Domes im Hintergrund schlug halb. Die Menge vor der Bühne wurde unruhig. Hände wurden gerieben, auf der Stelle getrampelt, um die Füße warm zu halten und Glühweinbecher machten die Runde.

„.. und so will ich jetzt unser bezauberndes Christkind ...“, der Oberbürgermeister wandte sich halb um und winkte das junge Mädchen, das mit Goldlöckchen und weißem Gewand auf den Einsatz wartete, zu sich, „… nach vorne bitten!"

Er hatte kurz das Christkind im Visier, schwenkte dann wieder zurück zum Oberbürgermeister und positionierte den Zeigefinger am Auslöser. Die schwarzen Lederhandschuhe waren dünn genug, um Gefühl in den Fingerspitzen zu haben, und gaben immerhin einen leichten Anflug an Wärme ab.
Es knackte nur leise, als er den Zeigefinger bewegte. Dann ein lauter Knall. Das Einschussloch auf der Stirn saß genau in der Mitte.

Der Gesichtsausdruck des Oberbürgermeisters wechselte von jovialer Fröhlichkeit zu ungläubigem Erstaunen, dann knallte er auf die Dielen der Holzbühne.

Die Konfusion war extrem. Befehle, Schreie des Entsetzens, Musikfetzen vom Kinderkarussell, Gläserklirren überlagerten das Gewusel auf dem Platz vor der Bühne. Einige hatten sich schutzsuchend zu Boden geworfen und lagen den Flüchtenden im Weg. Gestolper, Schmerzensschreie – mittendrin ein erstarrtes Christkind auf der Bühne.

Erst ein lauter werdendes Martinshorn beruhigte die Menschen.

Ein Notarzt kniete neben dem Toten, ein Polizist führte behutsam das Christkind von der Bühne, ein anderer half der Frau Oberbürgermeister die Treppe hinauf. Sie sank neben ihrem Mann auf die Knie, starrte in sein regloses Gesicht und senkte dann laut schluchzend ihre Stirn auf seinen Bauch, als der Notarzt begann, seine Utensilien wieder einzupacken.

Er hielt die ganze Zeit drauf. Tele, Weitwinkel, wie gut, dass er das Allround-Objektiv gewählt hatte. So konnte er zwischen einzelnen Szenen und Vollansicht blitzschnell wechseln. Jetzt hatte er das rubinrote Fellhütchen ganz nahe herangezoomt. Als sie den Kopf hob, schoss er ein perfektes erstes Foto von der verzweifelten Witwe.

Inzwischen wurde der Platz abgesperrt und geräumt. Polizisten nahmen Personalien auf und durchsuchten Taschen nach der Mordwaffe. Der Stand mit dem Christbaumschmuck wurde gerade geschlossen, andere Marktbeschicker mit Bratwurst und Glühwein im Angebot zögerten noch. Sie waren auf den Punkt genau gerüstet gewesen für den Moment nach der Eröffnung. Es war zu schade, jetzt alles wegzuwerfen.

Doch als der Leichenwagen vor der Bühne stoppte, packten auch sie zusammen. Jetzt würde niemand mehr Lust auf eine Bratwurst haben.

Die Leiche war weg, die Witwe stieg im Moment in ein Polizeifahrzeug – Zeit, die Kamera einzupacken und sich auf den Weg zu machen. Sorgfältig packte er die Einzelteile in die passenden Fächer der Fototasche. Dann zog er die Strickfäustlinge aus der Manteltasche und schob sie über die Lederhandschuhe, schulterte die Tasche und machte sich auf den Weg. Vorbei am Gutenberg-Museum, der riesigen Weihnachtspyramide, hinunter Richtung Rhein. In seiner Wohnung angekommen, ging er schnurstracks in das kleine, fensterlose Zimmer, in dem er seine Fotos betrachtete und bearbeitete. Er nannte es noch immer „Dunkelkammer", obwohl er schon lange kein lichtempfindliches Fotopapier mehr benutzte. Dieses Zimmer war sein Rückzugsort. Es gab ihm eine höhlenartige Geborgenheit.

Das Licht flammte auf und viele bunte Fotos leuchteten von den Wänden und der Decke. Er öffnete die Tasche, nahm die Speicherkarte aus dem Apparat und schob sie in den Laptop, der an den großen Wandbildschirm angeschlossen war. Routiniert sichtete er das Material. Wenn er Glück hatte, war er der einzige Fotograf vor Ort gewesen und konnte die Mordfotos nicht nur den hiesigen Tageszeitungen, sondern auch großen Magazinen anbieten. Das bedeutete einen beruhigenden Kontostand und wieder mehr Zeit für seine Passion.

Er hatte genau in der Sekunde auf den Auslöser gedrückt, als der tödliche Schuss fiel. Lange starrte er auf das Foto, das alle Details zeigte. Die Menge der Zuschauer, das eifrige Christkind, das endlich dran sein sollte, die gelangweilten Mienen der Blaskapelle im Hintergrund und vorne der Stadtchef, genau in der Sekunde seines Todes.

Er hielt einen Moment inne und lehnte sich zurück. Er lächelte kurz, als sein Blick über die Fotowand glitt.

Die Dame in Königsblau, die Dame in Flaschengrün, die Dame in Mohnblumenrot – und heute würden wunderschöne Fotos in Rubinrot dazukommen.

Rasch beugte er sich nach vorne. Erst die Arbeit. Flink tippte er sein Angebot und schickte die Mail an seinen Verteiler für Top-Fotos. Es würde nicht lange dauern, und die ersten Angebote würden eintreffen.

Später gönnte er sich einen Rotwein und eine Zigarette. Er ließ die Rückenlehne des Stuhles weit nach hinten kippen und besah sich die Fotos an der Decke.

Die Dame nackt.

Seine Gedanken begannen zu wandern. Zurück zu der Zeit, als er die Fotos des Oberbürgermeisters noch ganz emotionslos schoss. Als er eher zufällig auch dessen Frau auf den Fotos hatte. Lächelnd, papageienbunt und mit einer magischen Wirkung auf ihn. Dieses Lächeln – es schien nur ihm zu gelten!

Immer mehr verschob sich der Anteil der offiziellen Fotos, die den Stadtchef zeigten, und der inoffiziellen Fotos, die er auf Veranstaltungen von IHR machte. Nahaufnahmen, Detailaufnahmen – er konnte nicht genug von ihr bekommen. Er war süchtig nach ihrem Lächeln und begann, ihre Termine zu begleiten.

Die offiziellen, wie die Eröffnung eines Kindergartens oder der Besuch der Oper, die weniger offiziellen wie den Friseurtermin oder den Besuch einer Shoppingmall.

Nach den Fotos, die er im privaten Urlaubsort von ihr im Badeanzug geschossen hatte, war der nächste Schritt der Zugang zum Privatgrundstück mit Fotos durch das Schlafzimmerfenster und vor der Sauna im Garten.

Er nahm einen Schluck Rotwein und einen tiefen Zug und blies den Rauch in Richtung Decke. Ihre üppigen Rundungen waren so wunderschön! Er hob die Hand, so, als wollte er sie berühren. Doch das Streichen über das glatte Fotopapier reichte ihm nicht mehr. Er wollte sie.

Die Ermittlungen liefen auf Hochtouren.

„Hatte Ihr Mann Feinde?"

Sie starrte den Kommissar an. „Horst war ...", sie schluchzte kurz auf, „er war Oberbürgermeister, natürlich hatte er Feinde!" Sie tupfte mit ihrem Taschentuch in ihre Augenwinkel.

„Aber doch nicht SOLCHE!"

Das Schluchzen ging in lautes Weinen über und der Kommissar ließ sie nach Hause bringen. Auf dem Flur saß die halbe Stadt, bereit zur Vernehmung, allen voran das Christkind und die komplette Blaskapelle.

Es würde eine lange Nacht werden.

‚Es läuft alles prima!', dachte sie, als sie die Villa betrat. Sie liebte dieses prächtige Haus aus den zwanziger Jahren, wundervoll renoviert und äußerst geschmackvoll eingerichtet. Sie liebte ihren Status als First Lady und sie hatte auch ihren Mann geliebt.

Bis vor Kurzem.

Bis diese Fotos in der Post gewesen waren. Von ihm und einem jungen Mädchen, beim Essen, beim Spaziergang, beim Sex. Aber dieses Mal war es keine dieser flüchtigen Affären, die sie bisher cool ausgesessen hatte. Dieses Mal war er heftig verliebt und hatte tatsächlich über Scheidung nachgedacht. Sie wusste das, weil sie dazukam, als er an seinem Schreibtisch den Ehevertrag studiert und sich Notizen gemacht hatte. Er hatte ganz schnell einen anderen Ordner darüber geschoben, aber die Notizen hatten sich auf dem Block durchgedrückt und konnten später leicht von ihr entziffert werden.

Ihr Lächeln dabei war spöttisch. Wie ungeschickt von ihm.

Sie selbst wusste genau, was in diesem Ehevertrag stand. Schließlich hatte sie sich den damals so feschen und wohlhabenden Mann gezielt geangelt und nur zähneknirschend den Vertrag unterschrieben.

Bei einer Scheidung würde sie alles verlieren. Ihren Status, das Haus, das Vermögen, die kleinen Annehmlichkeiten wie einen ständig verfügbaren Fahrer, beste Plätze in Theater und Oper, bevorzugte Behandlung in so vielen Bereichen und – niemals ein Knöllchen am gewagt geparkten Auto.

Sie ging nach oben und betrat das Ankleidezimmer. Und seufzte tief. Sie betrachtete wehmütig all ihre bunten Kleider mit den passenden Schuhen, die sie jetzt erst mal nicht mehr tragen durfte. Als trauernde Witwe war Schwarz verpflichtend, auch wenn sie es hasste.

Er hatte eine zweite Flasche geöffnet. Zur Feier des Tages. Er hatte die Fotos – die bearbeiteten Fotos – exklusiv verkaufen können.

Ein Foto war auf seinem riesigen Bildschirm zu sehen: die Totale zum Zeitpunkt des Mordes. Dieses Foto hatte er – zusammen mit anderen – bereits versandt, allerdings hatte er den rechten Rand vorher beschnitten.

Er lächelte.

Die Waffe war nur mit Mühe und nur in der Spiegelung zu sehen. In der großen, goldenen Christbaumkugel des prächtig geschmückten Weihnachtsbaumes neben der Bühne.

Deutlich war dort ein rubinroter Fellmuff zu erkennen, aus dessen Öffnung das vorderste Stückchen des Pistolenlaufes ragte.

Er hob sein Glas und prostete den vielen Fotos zu, von denen sie ihn anlächelte.

Sie hatte das für ihn getan.

Das wusste er.

Jetzt war sie frei. Frei für ihn.

POSTKARTENIDYLLE
Britt Glaser

Anstatt in der regionalen Tageszeitung eine Annonce auf-
zugeben, meldete Sandra sich bei unzähligen Partnerbörsen
im Internet an. Schnell fand sich Jan, der scheinbar richtige
Partner und da er 280 Kilometer entfernt wohnte, verließ
Sandra Hals über Kopf das Ruhrgebiet und zog nach Rheinhessen. Alles Vorangegangene blieb zurück und nur die neue
Liebe zählte.

Schön und beschaulich war die neue Heimat, eine kleine
Gemeinde namens Sörgenloch.

In der Nachbarstadt fand Sandra eine neue Arbeitsstelle
und alles um sie herum war rosarot. An den Wochenenden
verabredeten sich Jan und Sandra mit Freunden, um gemeinsam die Dorffeste zu besuchen. Und da staunte Sandra
nicht schlecht, in den Dörfern verstanden die Leute nicht
nur was vom Weinanbau, sondern auch vom Feiern. Jedes
Wochenende gab es in einem anderen Dorf im Umkreis ein
Event: Weinfeste oder Kirchweihen, die hier Kerb hießen,
und vieles mehr.

Überall tauchten sie gemeinsam auf und schnell lernte
Sandra Jans Jugendfreunde und Kollegen kennen. Im Dorf
wurde sie akzeptiert und überall mit einbezogen. Sie backte
für das Pfarrfest, kränzte mit den Nachbarn für Vermählun-
gen oder runde Hochzeitstage und wurde um Rat gefragt,
wenn es um den Geschenke-Einkauf und die Vorbereitungen für Feierlichkeiten ging.

An einem lauen Sommerabend, der dazu einlud die Nacht
draußen zu verbringen, nahm Sandra eine gekühlte Flasche
Wein und ein paar Knabbereien mit auf die Terrasse, stell-

te alles auf den Tisch und entzündete die Kerzen in ihren Laternen. Etliche standen schon im Garten verteilt, doch wenn Sandra auf Märkten oder in Geschäften eine entdeckte, die in Form und Farbe anders war, kaufte sie diese. Sie liebte es zu jeder Jahreszeit, Kerzen zu entzünden. In den Bäumen hingen Kerzenhalter, in denen Teelichter brannten.

Sandra setzte sich in einen Gartenstuhl und erfreute sich an der Stille. Sie hörte genau hin und vernahm das Schreien der Schwalben, die sich zwischen den Häusern jagten, eine Grille zirpte in der Nähe und von irgendwoher machte es „quak". Idylle pur, dachte sie und goss den Wein in die Gläser. „Schatz, kommst du auch?", fragte Sandra.

Da Jan nicht kam, ging sie ins Haus, um nach ihm zu sehen. Er lag auf der Couch und schaute fern. „Komm raus, es ist herrlich", meinte Sandra. Er schüttelte den Kopf. „Fernsehen kannst du noch im Herbst und Winter, die Luft ist angenehm warm und ich habe einen Wein geöffnet", versuchte sie, ihn zu locken.

„Nein", sagte er nur.

„Ich habe auch Knabbersachen", flüsterte sie.

„Nein", wiederholte er.

Sandra setzte sich zu ihm und fragte: „Was ist los?" Jan antwortete nicht, starrte weiter zum Fernseher. Sandra stand auf und war schon fast an der Terrasse angelangt, als Jan plötzlich doch etwas sagte: „Alles Scheiße."

Sandra machte kehrt, setzte sich auf die Couch und schaltete den Fernseher aus. Jan blickte sie noch immer nicht an. Griff nur unter sein Sofakissen und reichte ihr einen Brief.

Sandra holte ein Blatt Papier aus dem Umschlag und überflog die Zeilen. Dann las sie noch einmal Wort für Wort. Als Jan ihr den Umschlag hingehalten hatte, dachte sie noch, es wäre eines dieser Schreiben, die man zugeschickt bekommt, wenn man zu schnell mit dem Auto fuhr. Da Jan gern die Geschwindigkeitsbegrenzungen missachtete, ahnte sie nun eine hohe Geldstrafe. Aber es war weder von Bußgeld die Rede, noch war ein Foto beigefügt. Der Brief kam von Jans Arbeitgeber, der in vielen Sätzen beteuerte, wie leid es ihm tat, aber die momentane wirtschaftliche Lage zwinge ihn dazu, einigen seiner Mitarbeiter, unter anderem Jan, die Kündigung auszusprechen.

„Aber davon geht die Welt doch nicht unter", flüsterte Sandra und streichelte Jan übers Gesicht. „Du wirst neue Arbeit finden, ganz bestimmt."

Jan nickte stumm und vergrub sein Gesicht in ihrem Haar, als sie ihn umarmte.

Erst einmal könne er ja ein paar Monate zu Hause bleiben und dort alle Renovierungsarbeiten erledigen, die sich angesammelt hatten, schließlich bekam er ja Arbeitslosengeld. Später könne er sich in aller Ruhe auf die Suche nach einer neuen Stelle begeben. Er nickte und fand Sandras Idee prima.

Der Herbst zog ins Land und die wenigen Tage der Euphorie, an denen Jan den Gartenzaun reparierte und mit einem neuen Anstrich versah sowie anfing, den Dachboden auszubauen, verflogen viel zu schnell. In den ersten Wochen hatte er wenigstens noch gekocht und das Essen stand auf dem Tisch, wenn Sandra von der Arbeit kam. Alle Zimmer im Haus hatte er aufgeräumt und sogar manche Fenster geputzt.

Doch nun saß oder lag er nur noch auf der Couch, die vom Dauergebrauch schon durchgesessen war. Als dann der Winter Einzug hielt und Schneeflocken vom Himmel fielen, saß er noch immer an seinem Platz, aber nun mit einem dampfenden Becher Glühwein vor sich.

Einige Tage schaute Sandra sich das mit an, bis sie nach der Arbeit und dem Einkaufen spät abends nach Hause kam und sämtliche Häuser in der Umgebung hübsch geschmückt dalagen. Selbst die achtzigjährige Frau Steinhöfer, die seit dem Tod ihres Mannes allein in ihrem Haus wohnte, hatte die Fenster mit Schwibbogen und bunten Lichtern geschmückt. „Du bist den ganzen Tag zu Hause, da wirst du doch wohl zwischen zwei Sendungen mal in der Lage sein, das Haus zu schmücken. Das hast du sonst noch nach der Arbeit gemacht!"

Das verstand Jan als Anspielung auf seine unverschuldete Arbeitslosigkeit. Sofort rechtfertigte er sich und meinte, sie solle froh sein, eine Arbeit zu haben.

Sandra war traurig, denn es konnte doch nicht angehen, dass nun auch Ehe Nummer zwei zu Ende ging. Sollte sie zurück ins Ruhrgebiet? Nein, das wollte sie nicht, denn sie hatte hier Fuß gefasst, liebte Sörgenloch und die Nachbarstadt Nieder-Olm, in der sie arbeitete. So fremd ihr diese Ortschaften waren, deren Namen sie früher, bevor sie Jan kennenlernte, nie zuvor gehört hatte, so vertraut waren ihr nun alle Straßen und Gassen sowie die Menschen, die hier lebten. Alle waren wie eine große Familie, jeder kannte jeden. Sie halfen sich gegenseitig und niemand war allein. Sandra wollte nicht weg, sie war hier glücklich. Mit Jan, bis seine Arbeitslosigkeit einen Schatten auf ihre Beziehung geworfen hatte.

Von ihrer Arbeitsstelle in Nieder-Olm bis nach Hause waren es nur knapp sieben Kilometer und die fuhr Sandra immer mit dem Fahrrad. Bei dem Gedanken an Jan, wie er sich auf der Couch herumfläzte, während der Abwasch sich stapelte und der Kühlschrank leer blieb, stiegen ihr Tränen in die Augen. Sie fuhr auf der Alten Landstraße, als sie anhalten musste, um ein Taschentuch aus ihrer Fahrradtasche zu holen. Sie stellte ihr Rad ab und kramte in der Tasche. Dann setzte sie sich gedankenverloren auf eines der Schafe auf dem Recey-Platz und betrachtete den dazugehörigen Bronzeschäfer. „Du weißt, wo es langgeht", flüsterte sie ihm zu, „hast deine Schäfchen fest im Griff. Jan kannte auch mal seinen Weg, doch jetzt hat er ihn oder seinen Hirten verloren. Kannst du ihm sagen, wo er abbiegen muss, damit er seinen Weg wiederfindet?" Der Schäfer blickte unbeeindruckt auf seine Herde, die wie er selbst von Liesel Metten stammte. Eine Künstlerin, deren Werke man überall in Nieder-Olm fand. Sie war auch eine Zugezogene, genau wie Sandra ebenfalls der Liebe wegen. Bestimmt hatte sie auch sofort die Gemeinde und die darin lebenden Menschen in ihr Herz geschlossen und wollte diese wundervolle Gegend nie wieder verlassen, dachte Sandra und schnäuzte sich kräftig die Nase, stieg auf ihr Fahrrad und fuhr nach Hause.

Ihr schönes Sörgenloch war für sie zum Sorgenloch geworden. Ob wir jemals wieder aus diesem Tief herauskommen, fragte sie sich und vertraute einer Arbeitskollegin ihre Probleme an.

„Ach, das bekommt ihr schon wieder in den Griff", meinte die Kollegin und lächelte verschwörerisch. „Deinem Jan fehlt nur der gewisse Anstoß. Wenn er gut drauf ist und mit seiner Kraft nicht weiß wohin, klappt alles. Guter Sex, sage ich nur, und eine Energie, um den Rhein flussaufwärts in einem Paddelboot zu fahren."

„Und Jan soll paddeln?"

„Jan paddelt", flüsterte die Kollegin.

„Hast du ein Geheimrezept für ‚Gut drauf'?

Die Kollegin überlegte einen Augenblick und sagte dann:

„Dein Mann hat kein ADHS, ist das richtig?"

Sandra nickte.

„Wenn du aber Pillen gegen ADHS nimmst, bist du aufgedreht und munter für fünf. Verstehst du?"

Sandra verstand und wollte unbedingt diese Pillen haben. Für fünfzig Euro konnte die Kollegin ein Blister mit 10 Pillen besorgen.

Gespannt achtete Sandra darauf, was geschah, als Jan den Glühwein ausgetrunken hatte, dessen Zutaten sich nicht nur auf guten Winzerwein aus der Nachbarschaft beschränkten, sondern auch auf eine zerkleinerte Pille, die Wunder bewirken sollte. Nichts geschah. So rutschte Sandra an Jan heran, drückte ihn und flüsterte in sein Ohr, dass sie ihn liebe. Jan ließ von der Flimmerkiste ab und nahm Sandra noch auf der Couch. Danach duschten sie und es war wieder wie früher: Er kam mit ins Bett und sie holten alles nach, was in den letzten Monaten nicht passiert war.

Am nächsten Morgen orderte Sandra gleich eine ganze Schachtel von diesem Muntermachzeug. Schon morgens mischte sie eine Pille in den Kaffee. Jan begab sich nach dem Frühstück auf den Dachboden und schaffte es, alles mit Dämmwolle auszukleiden. Kalt war ihm nicht mehr, schließlich war er über Stunden hinweg in Bewegung. Auf heißen Glühwein hatte er keinen Appetit und so trank er Bier. Sandra löste auch darin eine Pille auf und freute sich, denn Jan arbeitete noch die ganze Nacht.

Als Sandra am nächsten Tag frühstückte, kam er dazu und bekam seinen Kaffee mit Milchpulver und einer Zauberpille.

„Ich wünsche mir so sehr auch ein geschmücktes Haus", sagte Sandra, als sie sich verabschiedete und zur Arbeit fuhr.

„Mal schauen, was sich machen lässt", sagte Jan und überlegte bereits, was er wie dekorieren würde. Machte sich auch sofort an die Arbeit. Er war schließlich topfit und brauchte komischerweise keinen Schlaf, sicher weil er einige Monate faul auf der Couch herumgelegen hatte. Bei so viel Ruhe hatte er sich glatt von vielen Jahren Arbeit erholt. Möglicherweise hatte er vor einem Burn-out gestanden und es wäre nur eine Frage der Zeit gewesen, wann er zusammengebrochen wäre. So kamen die Kündigung und die damit verbundene Auszeit passend. Von solchen Fällen hörte man immer wieder. Anders konnte er es sich nicht erklären, dass er so viele Wochen nutzlos auf dem Sofa rumgegammelt hatte.

Jan schmückt bestimmt das Haus, dachte Sandra auf ihrem Weg nach Nieder-Olm, und wir werden unbeschwerte wundervolle Weihnachten feiern. Im nächsten Jahr würden sie dann gemeinsam eine neue Arbeitsstelle für ihn finden und alles wäre wieder, wie es gewesen war. Sandra war froh über ihren Erfolg, auch wenn sie mit den Pillen etwas nachhelfen musste.

Aus Keller und Garage holte Jan die Weihnachtsdekoration. Die Lichterketten wurden am Haus und am Zaun um das Haus angebracht. Der Schlitten mit den Rentieren kam in den Vorgarten und seine unzähligen Glühbirnchen ließen ihn glitzern und funkeln.

Als am Nachmittag wieder Schnee fiel, rief der Nachbar, dass es Glühwein gäbe und Jan rüberkommen solle. Natürlich schlug Jan das Angebot nicht aus. Er machte mit einigen weiteren Nachbarn einige Flaschen des roten Rebsaftes leer. Zwischendurch schmückte er weiter und zog sich, als

Gag für den nächsten Glühwein beim Nachbarn, das Weihnachtsmannkostüm an. Jan überlegte noch, ob die Figur dieses Jahr wieder auf dem Schlitten sitzen sollte oder er sie lieber an der Hauswand anbrachte, wie es einige Nachbarn in diesem Jahr gemacht hatten. Es sah lustig aus, die Weihnachtsmänner zu sehen, die an den Fassaden hochkletterten, um Geschenke zu bringen.

Er befestigte eine Lichterkette an der Gartenbank, die im hinteren Teil des Gartens ihren Platz hatte. Um sie verteilt standen viele von Sandras Laternen. Jan zündete die Kerzen in den Laternen an und besah sich sein Haus. Zufrieden mit seiner Arbeit setzte er sich auf die Gartenbank. Sandra wird sich freuen, dachte er, und zog den Mantel enger um seinen Körper. Jetzt erst bemerkte er, wie betrunken er war, und wurde von einer bleiernen Müdigkeit gepackt.

Sandra kam später als sonst, denn wegen des Schnees hatte sie den größten Teil der Strecke das Fahrrad schieben müssen. Beinahe wäre sie an ihrem Haus vorbeigelaufen – sie traute ihren Augen nicht! Der Gartenzaun und das Haus waren mit Lichtern geschmückt. Im Vorgarten stand der beleuchtete Schlitten, der von funkelnden Rentieren gezogen wurde.

Sandra war durchgefroren und machte sich ein Wannenbad. Sie rief nach Jan. Er antwortete nicht und als sie ihn im gesamten Haus nicht fand, stieg sie in die Wanne. Ganz entspannt und ein wenig müde, setzte sie sich eine Stunde später vor den Fernseher. Jan war sicher bei irgendeinem Nachbarn, ging es Sandra durch den Kopf, denn was kann es Schöneres geben als beim Nachbarn in der Garage zu stehen und heißen Glühwein zu trinken. Sandra blickte durch die Terrassenfenster nach draußen und fragte sich, wie sie noch vor einigen Wochen so verzweifelt sein konnte und an Trennung dachte, wo Jan doch ein so toller Mann war und sich richtig viel Mühe beim Hausschmücken gab. Sogar an den Weihnachtsmann hatte er gedacht, ihn auf die mit Lichterketten geschmückte Bank in den Garten gesetzt und selbst noch die Kerzen rings um die Bank entzündet. Schneeflocken hatten bereits alles mit einer dicken weißen Schicht bedeckt. Diese Idylle hätte man für eine Weihnachtskarte nehmen können.

Es war das Bild, mit dem Sandra in dieser Nacht einschlief. Und es war das Bild, das nie mehr aus ihrem Gedächtnis verschwinden würde, doch das wusste sie in dieser Nacht noch nicht.

Kling, Glöckchen, klingelingeling

ADVENTSZEIT

SPEZIALREZEPT
von Gina Greifenstein

„Mama kommt dieses Jahr ein paar Tage früher", teilte Theresa gewollt beiläufig mit, während sie die Einkäufe aus dem Einkaufskorb sorgsam in den Kühlschrank einräumte. Bestimmt hatte sein holdes Weib seit Tagen auf den richtigen Moment gewartet, um ihm das mitzuteilen, und der richtige Moment schien ausgerechnet jetzt zu sein. Manfred knetete den Teig für die Vanillekipferl eine Spur heftiger als zuvor, obwohl der ja nun wirklich nichts dafür konnte. Er würde einfach so tun, als ob er nicht zugehört hätte!

Theresa richtete sich auf und schloss den Kühlschrank. „Hast du gehört?" Sie sah ihn prüfend an.

„Hast du was gesagt?", fragte er scheinheilig und sah von seinem Teig auf. So leicht würde er es ihr nicht machen – immerhin wusste sie genau, wie sehr er es hasste, wenn ihre Mutter länger als einen Tag zu ihnen kam! Seit fünfundzwanzig Jahren wusste sie das nun schon und trotzdem tat sie es ihm jedes Jahr zu Weihnachten aufs Neue an. Dabei sollte Weihnachten doch das Fest der Liebe sein – doch an Weihnachten liebte Theresa offenbar nur ihre schreckliche Mutter!

„Ich sagte, dass Mama dieses Jahr ein paar Tage eher kommt", wiederholte sie ihre Worte.

„... und dafür ein paar Tage eher wieder nach Hause fährt?", fragte er hoffnungsvoll.

Normalerweise kam der ungeliebte Schwiegerdrachen immer am Tag vor Heiligabend und fuhr am Silvestermorgen wieder nach Hause – oder besser gesagt: Er ließ sich vom ungeliebten Schwiegersohn am Silvestermorgen die etwa hundert Kilometer nach Mainz fahren – die er ja auch wieder zurückfahren musste –, damit er ja noch ein bisschen Stress vor dem Jahreswechsel hatte! Ob das ihre kleine Rache dafür war, dass er ihre Tochter aus Mainz und ihrer direkten Nähe heraus in den äußersten Zipfel Rheinhessens gelockt hatte?

„Wie kommst du denn darauf?", schnaubte seine Frau ärgerlich. „Mama fährt wie immer am Einunddreißigsten heim."

Er arbeitete einige Zeit schweigend weiter. Eigentlich war der Teig längst fertig.

„Und was bedeutet ,ein paar Tage eher'?", erkundigte er sich schließlich.

„Nun, Heiligabend ist dieses Jahr an einem Dienstag, aber sie kommt schon am Freitag, da kann sie das Wochenende noch mit uns zusammen verbringen. Du weißt doch, wie gerne sie hier ist!" Theresa machte sich an der Kaffeemaschine zu schaffen und konnte so seine Blicke nicht sehen, die sich wie Brandpfeile quer durch die Küche in ihren Rücken bohrten.

,Und du weißt, wie schlimm es für mich ist, wenn sie bei uns ist!', dachte er stumm, brachte die Worte aber nicht über die Lippen. Er wusste, dass Theresa das wusste, und er wusste auch, dass sie sehr darunter litt, immer zwischen zwei Stühlen sitzen zu müssen. Dennoch: Wenigstens einmal in fünfundzwanzig Jahren hätte sie sich gegen ihre Mutter entscheiden und Weihnachten ganz allein mit ihm verbringen können!

„Noch könnten wir zwei Wochen Urlaub irgendwo in der Sonne buchen ...", murmelte er halblaut zu seinem Teig hinab.

„Du weißt genau, dass Mama keine Sonne verträgt!", blaffte Theresa. Das laute Mahlen der Kaffeemaschine erfüllte den Raum.

„Ich dachte ja auch an eine Reise nur für dich und mich!",
blaffte er zurück, als die Maschine verstummte.

„Aber es ist doch Weihnachten! Du weißt genau, wie viel
das Mama immer bedeutet!" Sie fuhr herum und sah ihn,
um Verständnis bettelnd, an.

Wahrscheinlich würde sie sich lieber von ihm scheiden
lassen, als ihrer Mutter mitzuteilen, dass sie über Weihnachten mit ihrem Mann ganz alleine verreisen möchte!

„Richtig, es ist Weihnachten! Und du weißt ganz genau,
dass sie mir auch dieses Weihnachten wieder zur Hölle machen wird!" Er schlug auf den unschuldigen Teig ein, ohne
es recht zu registrieren.

„Du übertreibst wie immer!", sagte Theresa überraschend
ruhig und rührte in ihrem frisch gebrühten Kaffee. Sie nippte daran und stellte die Tasse dann auf die Anrichte.

„Was hältst du davon: Ich fahre alleine über die Feiertage weg und du verbringst ein herrlich harmonisches Weihnachtsfest mit deiner Mutter!" Er riss mit fahrigen Bewegungen ein Stück Klarsichtfolie von der Rolle und wickelte
den Teig darin ein. Auf dem Weg zum Kühlschrank stellte
sie sich ihm in den Weg und umarmte ihn fest.

„Was wäre ein Weihnachten ohne dich für mich!" Sie
schluchzte an seiner Schulter.

Einem inneren Impuls folgend, wollte er seine Arme um
sie schlingen, doch dann sah er auf seine verklebten Finger
und ließ es bleiben.

„Ist ja schon gut", sagte er begütigend, „war ja nicht ernst
gemeint!"

„Wer weiß, wie lange sie überhaupt noch zu leben hat",
schniefte sein Weib in seinem Arm.

Er spürte, wie sein T-Shirt von ihren Tränen feucht wurde.

Henriette war jetzt fünfundsiebzig und erfreute sich bester

Gesundheit. Und wie er sie kannte, würde sie noch lange leben und wenn es nur wäre, um ihn zu ärgern! Zudem war sie Spross einer langlebigen Familie, das rieb sie ihm stets bei jeder erdenklichen Gelegenheit unter die Nase – wahrscheinlich, um ihm zu drohen! Vermutlich würde sie sogar ihn noch überleben …

„Es könnte ihr letztes Weihnachten sein und wir würden es uns nie verzeihen, wenn wir sie nicht zu uns geholt hätten!" Theatralisch hob sie den Kopf und blickte ihn aus tränenverschmiertem Make-up an.

Oh, das wäre etwas, was er sich ohne Weiteres verzeihen könnte … Der Gedanke jedoch, die nächsten zehn, fünfzehn oder gar zwanzig Jahre Weihnachten mit seiner Schwiegermutter verbringen zu müssen, war kaum zu ertragen!

Wenn man da doch nur ein wenig nachhelfen könnte …

Es waren von da an noch einundvierzig Tage bis Heiligabend, siebenunddreißig bis zu dem Freitag, an dem er Schwiegermütterchen abholen musste. Und jeden einzelnen Tag dachte er mit wachsender Verzweiflung darüber nach, was er unternehmen könnte, um dieses Schicksal von sich abzuwenden. Doch die Tage des Grauens – so nannte er Schwiegermutterbesuchstage immer für sich selbst – rückten unaufhaltsam näher.

Eine gefährliche Grippewelle fegte über das Land, riss unzählige gute Menschen aus ihrem Leben – doch seine Schwiegermutter blieb verschont.

Ein tödlicher Norovirus raffte Hunderte Bundesbürger dahin – doch an Henriette schien er nicht interessiert gewesen zu sein.

Ein Erdbeben in der Türkei tötete Tausende – doch seine erderschütternden Ausläufer reichten tragischerweise nicht bis zu Schwiegermutters Haus.

Auch keine höhere Macht schien irgendwelche Anstalten zu machen, ihn von seiner schrecklichen Schwiegermama erlösen zu wollen.

Während in der Welt um ihn herum massenweise Menschen zu Tode kamen – nur seine Schwiegermutter nicht – backte er jeden Tag Plätzchen. Seit er vor drei Jahren in Frührente gegangen war, hatte er das Plätzchen backen übernommen, und es machte ihm richtig viel Spaß. Worüber sich Theresas Mutter übrigens regelmäßig lustig machte – also, nicht nur über das Backen, sondern auch über seine Frührentnerschaft: Richtige Männer arbeiten ihrer Meinung nach nämlich hart und werden nicht einfach so arbeitsunfähig – und Plätzchen backen sie erst recht keine! Als ob es ihm Spaß machte, dass drei seiner Bandscheiben regelmäßig ihren Einsatz verweigerten!

Vanillekipferl, Spitzbuben, Buttergebäck, Schokoterrassen ... er mochte dieses systematische Arbeiten: Teig ausrollen – Plätzchen ausstechen und aufs Blech legen – Teig ausrollen – Plätzchen ausstechen und aufs Blech legen ... Und später dann, wenn alles gebacken ist: Marmelade auf ein Plätzchen streichen – ein anderes Plätzchen darauf setzen – Marmelade auf ein Plätzchen streichen – anderes Plätzchen darauf setzen ...

Diese Arbeit ließ ihn ganz ruhig werden, es war wie ein Mantra, und es machte den Kopf frei. Frei für allerlei Ideen.

Zum Beispiel für die Idee, vielleicht einmal eine kleine Bäckerei zu eröffnen. Oder neue Rezepte zu erfinden und ein Backbuch zu schreiben. Oder endlich etwas gegen seine Schwiegermutter zu unternehmen ...

Als er eines Tages seine, über Jahre hinweg gesammelten, Plätzchenrezepte durchblätterte, stieß er auf das Rezept für

Nürnberger Lebkuchen. Die hatte er schon ewig nicht mehr gebacken. Nicht, weil er sie nicht mochte, sondern weil seine Schwiegermutter sie besonders gern mochte.

Er las ohne tieferen Grund die Zutatenliste durch. Muskat, Kardamom, Zimt, Nelken – alles sehr intensive Gewürze. Und da schlich sich ein anderer Gedanke an, ein nicht gerade weihnachtlicher: Würde man bei so vielen intensiven Gewürzen wohl eine Prise Gift herausschmecken können?

Lange Rede – kurzer Sinn: Er backte seit Langem mal wieder Nürnberger Lebkuchen. Nur fügte er der Zutatenliste eine etwas unorthodoxe Zutat hinzu: Eine Prise – wohlgemerkt eine recht großzügige Prise – Rattengift.

Kaum waren die Lebkuchen gebacken und verziert, füllte er sie in eine luftdichte Dose, verpackte diese als postübliches Paket und schickte sie an seine Schwiegermutter. Theresa war darüber nicht nur mehr als überrascht, sondern zudem auch sehr gerührt und sah es als erste zarte Annäherung ihres Mannes an ihre Mutter. Ein wenig schade fand sie es allerdings, dass sie nicht einen einzigen Lebkuchen hatte versuchen dürfen.

Drei Tage später klingelte das Telefon.

Von der Küche aus, in der er fleißig Walnusstaler mit Zuckerguss bestrich und jeden mit einer Walnusshälfte krönte, hörte er die Stimme seiner Frau, die nach wenigen Worten den Ton der Bestürzung annahm.

Sein Herz machte einen frohlockenden Sprung in seiner Brust – sollte das DER Anruf sein, der seine Frau zum Waisenkind und ihn zum glücklichsten aller hinterbliebenen Schwiegersöhne machen sollte?

Doch, so sehr er auch zu lauschen versuchte, er verstand

kein Wort. Endlich kam sein Weib in die Küche – tränen-verschmierte Wimperntusche verhieß Gutes!

„Kalli ist tot", stieß sie atemschwer hervor und hängte sich bebend an seinen Hals, ungeachtet seiner zuckergussver-klebten Hände, die ihre Spuren auf dem schwarzen Pullover hinterlassen würden.

Kalli war Schwiegermutters Hund – ein hinterhältiger, fie-ser Spitz. Ein ziemlich alter, völlig überfetteter und dadurch recht kurzatmiger Spitz, der nur dann gelegentlich von Henriettes Seite gewichen war, um ihn, Manfred, schnell mal mit seinen spitzen Zähnen in die Wade zu kneifen. Nie-mand hatte ihm jemals geglaubt, nicht einmal die blauen Flecken hatten die beiden Frauen als eindeutigen Beweis gelten lassen. Schwiegermutter hätte sowieso eher ihren Schwiegersohn einschläfern lassen, als ihren geliebten und schrecklich verwöhnten Köter.

Nun war Kalli also tot. Nicht die Schwiegermutter, aber immerhin schon mal ein kleiner Fortschritt! Vielleicht aß die Alte ja ein paar Lebkuchen, um sich über den herben Verlust hinwegzutrösten?

Am nächsten Tag wieder ein Anruf.

Wieder eine tränenverschmierte Theresa, die nach dem Telefonat zu ihm in die Küche kam.

Jetzt! Jetzt war es vollbracht!

„Onkel Anton ist letzte Nacht gestorben!", teilte sie ihm – nicht ganz so erschüttert wie bei Kallis Ableben – mit.

Onkel Anton war Schwiegermutters älterer Bruder, um die Achtzig und ein eher netter Spross der Familie. War echt schade um ihn, fand Manfred.

Am Abend dann ein erneuter Anruf: Schwiegermutters Nachbarin war unverhofft zusammengebrochen und noch auf dem Weg ins Krankenhaus verstorben.

Verdammt, alle um seine Schwiegermutter herum nippelten ab, nur sie nicht!

Weihnachten rückte unaufhaltsam näher und die Schwiegermutter zappelte immer noch gesund durch ihr Leben.

In den Spätnachrichten dann eine entsetzliche Meldung aus Mainz: Fünf Bewohner einer Seniorenresidenz waren urplötzlich nach einer Weihnachtsfeier verstorben. Er kannte dieses Heim, sie kamen immer daran vorbei, wenn sie zu seiner Schwiegermutter fuhren. Es war nur zwei Straßen von Schwiegermutters Wohnung entfernt! Und in genau dieses Altenheim ging Henriette regelmäßig, um die alten Leute zu besuchen ... eine schlimme Ahnung glimmte in seinem Hinterkopf auf ... oder war es doch nur ein unglücklicher Zufall?

Am Abend, bevor er seine Schwiegermutter abholen musste, klingelte erneut das Telefon.

Das musste er sein: Der erlösende Anruf!

Manfred überlegte gerade, wann Henriette bei all den bevorstehenden Feiertagen wohl beerdigt werden würde, und dass ja seit Wochen schon Bodenfrost herrschte – konnte man da überhaupt ein Grab ausheben? Wohl eher nicht ... dann müsste sie sicherlich eingeäschert werden – etwas, was sie auf gar keinen Fall hätte haben wollen ... Schadenfreude erfüllte ihn.

„Frau Möller ist gestorben", eröffnete ihm Theresa gefasst.

Frau Möller war bis zu diesem Zeitpunkt Schwiegermutters beste Freundin gewesen.

Auch das ein Zufall?

Dann war es Freitag.

Manfred fuhr mit Theresa an seiner Seite die Schwiegermutter abholen. Schon, als sie von der A 63 Richtung

36

Mainz abfuhren, bekam Manfred Magenschmerzen. Wie immer, als ob ab dieser Stelle sein Schicksal unausweichlich werden würde. Auf der Alten Mainzer Straße zog sich sein Brustkorb schmerzhaft zusammen, sein Herz begann wie wild an seine Rippen zu schlagen. Als er in die Bacchusstraße einbog, fiel ihm das Atmen plötzlich schwerer. Vor sich sah er jetzt besagtes Seniorenheim, aber da musste er schon wieder abbiegen. Im Scheurebenweg war Endstation und er atmete tief durch. Jetzt gab es kein Zurück mehr, Theresa war schon ausgestiegen und sah ihn abwartend an. „Geh alleine rein, ich warte hier", sagte er, nur um noch ein paar wertvolle Minuten ohne die verhasste Schwiegermutter verbringen zu können.

Nur zwanzig Minuten später saß sie dann auf dem Beifahrersitz neben ihm und sie begaben sich auf den Rückweg. Henriette war aufgrund der vielen Todesfälle in ihrem Umfeld erwartungsgemäß recht umgänglich.

Nicht umgänglich genug jedoch, um ihrem Schwiegersohn nicht unverblümt ins Gesicht zu sagen, dass er sich die Lebkuchen hätte sparen können, da sie seit einem halben Jahr sehr hohen Zucker hätte und sie folglich derartige Leckereien nicht mehr essen dürfe.

„Aber was interessiert dich schon meine Gesundheit – hat dich ja noch nie interessiert!", meckerte sie neben ihm auf dem Beifahrersitz. „Hab den ganzen süßen Kram verschenkt, die Alten im Heim haben sich immerhin darüber gefreut. Und Anton auch, konnte ja keiner ahnen, dass er so schnell sterben würde, der Ärmste! Meine Nachbarin wollte ein paar für ihre Enkel – aber dazu ist es wohl nicht mehr gekommen. Und Kalli …" – sie zerdrückte ein paar Tränen für den fetten Spitz – „mein guter Kalli, der mochte die Dinger auch, er war ganz gierig danach." Ein Lächeln huschte über ihr sonst eher verkniffenes Gesicht. „Deine Lebkuchen waren wohl seine letzte Freude … wer hätte das gedacht, dass du überhaupt irgendjemandem Freude bereiten kannst!", fügte sie bissig hinzu und sah ihn giftig von der Seite an.

Kurz vor Mitternacht saß er mit Theresa auf dem Sofa und sah sich irgendeinen alten und schon zig-mal gesehenen amerikanischen Liebesfilm an. Henriette hatte sich gleich nach dem Abendessen und nach einer Unzahl gemeiner Spitzen gegen ihren Schwiegersohn ins Gästezimmer zurückgezogen. Endlich herrschte Frieden im Haus … bis zum Frühstück jedenfalls.

Manfred genoss die Nähe seiner Frau, die sich mit angezogenen Beinen eng an ihn kuschelte. Ach, das Leben könnte so schön sein!

„Mann, ist mir schlecht!", murmelte Theresa schläfrig.

„Soll ich dir einen Tee machen?", fragte er fürsorglich.

„Nicht nötig, ich gehe am besten gleich ins Bett!" Gähnend setzte sie sich auf und streckte sich. Sie griff sich an den Bauch. „Magenschmerzen hab ich auch."

Ächzend stand sie auf und beugte sich zu ihm hinunter, um ihm einen Gutenachtkuss zu geben. Plötzlich krümmte sie sich wie unter großen Schmerzen.

„Hab wohl zu viel genascht", diagnostizierte sie im Hinausgehen und schwankte Richtung Toilette. „Mama hat nämlich die restlichen Lebkuchen mitgebracht – die sind dir dieses Jahr besonders gut gelungen …" – dann brach sie zusammen.

STOFF FÜR LANGE WINTERABENDE
Wolfgang Kemmer

„Oh, das tut mir aber nun wirklich leid, Frau Jäger, ich fürchte, das war der Letzte." Marion Löblein warf zur Sicherheit noch einen Blick auf ihren Monitor, schüttelte dann bedauernd den Kopf. „Mehr von Agatha Christie haben wir wirklich nicht. Sie haben jetzt alle gelesen, inklusive der Kurzgeschichtenbände. Aber versuchen Sie es doch mal mit diesem Krimi hier, der ist gerade erst zurückgekommen und noch nicht wieder im Regal!" Die Bibliothekarin der Pfarrbücherei in Appenheim hielt Hildegard Jäger ein Taschenbuch hin. „Die Frau Kracht war jedenfalls begeistert von dem Roman. Und die liest sonst auch gerne Agatha Christie."

Hildegard nahm das Buch und betrachtete es kritisch. Sie kannte Gisela Kracht nicht näher, nur so, wie fast jeder jeden in der kleinen Kirchengemeinde kannte. „Über den Dächern von Nizza", las sie. Das Cover zeigte eine Filmszene mit Cary Grant und Grace Kelly. Der Klappentext verriet, dass es um einen Meisterdieb ging, der versuchte, ehrlich zu werden.

Hildegard zuckte die Achseln. Zumindest Cary Grant mochte sie eigentlich ganz gerne. „Ich kanns ja mal mitnehmen." Sie packte das Buch mit auf den Stapel, den sie sich bereits zusammengestellt hatte und schob ihn der Bibliothekarin über die Theke, damit sie die Titel in den Computer aufnahm.

Hildegard Jäger hatte viel Zeit zum Lesen. Sie war geschieden und nachdem ihre Töchter endgültig aus dem Haus waren, suchte sie schon seit geraumer Zeit nach einer sinnvollen Beschäftigung, die ihr nach Büroschluss die langen Winterabende verkürzen sollte. Fernsehen mochte sie nicht sonderlich, weil sie das zu sehr an das Sofa-Nebeneinander ihrer am Ende nur noch öden Ehe erinnerte. Da waren ihr Kriminalromane schon lieber.

Auch der neu entliehene Schmöker entpuppte sich als überaus spannend. Noch spannender aber fand Hildegard den Zettel, den sie darin entdeckte. Wahrscheinlich hatte er ihrer Vorgängerin als Lesezeichen gedient und war dann im Buch vergessen worden. Hildegard hatte schon öfter solche Zettel gefunden und sie immer sofort, ohne lange darüber nachzudenken, weggeworfen.

Diesmal aber fesselte die offenbar hastig hingeworfene Kritzelei auf dem Notizzettel ihren Blick. „134 000 €" stand da, dick unterstrichen und mit drei Ausrufezeichen. Das war weder eine der üblichen Einkaufslisten noch waren es Anmerkungen zum Buch. Sie versuchte, die darüber stehenden Hieroglyphen zu entziffern. Im Gegensatz zu den Zahlen, waren die Buchstaben jedoch sehr klein. Zudem handelte es sich nicht um ganze Sätze, sondern nur um Stichworte, die neben- bzw. untereinander aufgelistet waren.

Nach mühevollem Dechiffrieren war Hildegard schließlich ziemlich sicher, die folgenden Worte lesen zu können:

Rockelstein … 3. Adventssonntag …
Krippe … Christkindlein …
Strumpfschublade … Kaffeedose … Goldhelm … Spüle

Was sollte das bedeuten? Der 3. Advent war nächste Woche. Rockelstein war der Name des örtlichen Busunternehmers. Mit dem Rest konnte sie nichts anfangen. Was hatte Christkindleins Strumpfschublade mit Rockelstein-Reisen zu tun?

Und wieso waren die Kaffeedose und ein Goldhelm in der Spüle? Waren sie etwa schmutzig?

Miss Marple oder Hercule Poirot hätten das Rätsel sicher in Nullkommanichts gelöst. Auf jeden Fall aber ging es letzten Endes wieder mal ums liebe Geld. Für Hildegard sogar um eine ganze Menge Geld!

Sie seufzte. Mit 134 000 Euro wären ihre einsamen Winterabende endgültig Geschichte. Sie würde eine Kreuzfahrt machen und neue, interessante Leute kennenlernen. Aber es war ja nicht ihr Geld.

Hildegard überlegte. Wessen Geld war es denn dann? Etwa das von Gisela Kracht, die das Buch vorher gelesen hatte und von der wohl auch der Zettel stammte? Sie war sicherlich nicht arm, betrieb einen privaten Pflegedienst in Bingen. Hildegard hatte ihren Kleinbus mit der Aufschrift „Rund um die Uhr für Sie da!" ein paarmal bei der alten Witwe Singbartl vor der Haustür stehen sehen.

Moment mal! Hatte Frau Singbartl im Vorgarten ihrer kleinen Villa zwischen diversen Keramik-Zwergen nicht auch eine Weihnachtskrippe stehen? Und in ihrem Wohnzimmer hing eine Kopie von Rembrands „Mann mit dem Goldhelm". Das wusste Hildegard genau, denn als sie im letzten Jahr bei ihr gewesen war, um für die Renovierung der Kirche zu sammeln, hatten sie sich kurz darüber unterhalten.

Allmählich formte sich in Hildegards krimigeschulten grauen Zellen ein Verdacht. Sie suchte nach dem neuesten Kirchenblatt. Tatsächlich: Am dritten Adventssonntag fuhren die Senioren der Gemeinde mit Rockelstein-Reisen zum feierlichen Konzert des Mainzer Domchors mit daran anschließendem Bummel über den Weihnachtsmarkt. Möglicherweise fuhr die Witwe Singbartl ja trotz ihrer Gehbehinderung mit.

„Sieh mal einer an", murmelte Hildegard vor sich hin. „Da scheint doch tatsächlich jemand über wertvolle Insiderinformationen zu verfügen."

Nachdem sie sich vergewissert hatte, dass die alte Dame am dritten Advent von zwei Helfern an der Haltestelle vor dem Pfarrheim in Rockelsteins Reisebus bugsiert worden war, fuhr Hildegard unverzüglich zu ihrem Haus.

Die kleine Villa lag ein wenig abseits am Ortsrand und sie hätte sicher völlig ungesehen den Zweitschlüssel unter der Figur des Christkindleins aus der kleinen, wie jedes Jahr liebevoll im Vorgarten aufgebauten Weihnachtskrippe hervorholen, damit problemlos ins Haus hineinspazieren können, um in aller Seelenruhe die Ersparnisse der Alten aus den angegebenen Verstecken zu holen.

Leider war sie nicht die Erste: Der Kleinbus von Gisela Kracht parkte bereits vor dem Haus. „Mist", zischte Hildegard, „dann eben Plan B!"

Sie langte ins Handschuhfach, steckte die handliche, aber dennoch täuschend echt aussehende Spielzeugpistole, die sie sich eigens besorgt hatte, in die Tasche und sprang aus dem Wagen. Keinen Augenblick zu früh, denn Gisela Kracht kam schon wieder aus der Villa.

„Stehen bleiben!", rief Hildegard. „Das haben Sie sich ja fein ausgedacht. Die alte Frau Singbartl zu beklauen, während sie zum Adventskonzert fährt!"

Gisela Kracht grinste breit.

„Geben Sie sofort die 134 000 Euro heraus!"

„Ich denke gar nicht daran!"

Hildegard zog die Pistole.

„Na, das sind doch Argumente", sagte die Kracht und grinste immer noch. „Wie wärs denn mit fifty-fifty?"

„Von wegen!" Hildegard schüttelte empört den Kopf und zückte ihr Handy. „Ich rufe jetzt die Polizei."

„Warum haben Sie das eigentlich nicht schon viel früher gemacht?"

Hildegard fuhr zusammen. Die Stimme kam hinter den Tannenbäumchen hervor, welche die Weihnachtskrippe einsäumten. Der Anblick des dazugehörigen Mannes in Uniform nahm ihr jedoch den Schrecken wieder.

„Weil Sie ihr ohnehin nicht geglaubt hätten, wenn sie mit diesem Schmierzettel zu Ihnen gekommen wäre", antwortete Gisela Kracht zu Hildegards Überraschung und fuhr dann fort: „Frau Singbartl sucht eine garantiert ehrliche Gesellschafterin für die langen Winterabende. Hätten Sie nicht Lust, Frau Jäger? Die Bibliothekarin hat sie zwar schon wärmstens empfohlen, aber Frau Singbartl wollte absolut sichergehen. Ich denke, den Test haben Sie ja hiermit nun bestanden. Und Wachtmeister Kolbe war so nett, mir dabei für alle Fälle Gesellschaft zu leisten."

ENDE EINES SCHAUMSCHLÄGERS
Angelika Schröder

„Ich verstehe nicht, wie du es mit dem Kerl aushältst. Der gehört vorbeugend erschossen!"

Meine Freundin Sina schaute mich halb missbilligend, halb mitleidig von der Seite an. Wir kennen uns seit der Schulzeit und haben schon viele Hochs und Tiefs erlebt. Derzeit war ich es, die sich an einem absoluten Tiefpunkt befand.

Wir standen an der Theke eines dicht umlagerten Glühweinstandes auf dem Weihnachtsmarkt in Ober-Hilbersheim, um unsere Männer mit weiteren Getränken zu versorgen. Doch momentan hatten wir nichts dagegen, wenn andere sich vordrängelten, ganz im Gegenteil. An einem der Stehtische, die rund um die Wärmestrahler aufgebaut waren, hielt mein Mann wieder einmal Hof. Anders konnte man es nicht nennen. Wer seinem einladenden Blick folgte oder nur nach einer Ablage für Glas oder Tasche suchte, kam automatisch in den zweifelhaften Genuss von Willis Lebenserfahrung. Er berichtete allen, ob sie es hören wollten oder nicht, von seinen Abenteuern – seinen angeblichen Abenteuern. Wirklich erlebt hatte er nur eines. Und auch das nur aufgrund seiner Dummheit und Naivität – wie ich fand.

„Tja, da standen mein Freund und ich mitten in der Wüste und unser Auto sprang nicht mehr an. Fünfzig Grad und nirgendwo Schatten. Unser Wasser reichte gerade noch für zwei Tage. Dass uns der Arsch auf Grundeis ging, können Sie sich sicher vorstellen? Immerhin ist es ja nicht so, dass da jeden Tag ne Karawane vorbeikommt oder normale Touristen die Piste befahren."

Während er auf diese Weise kunstvoll Spannung zu erzeugen wusste, dachte ich jedes Mal wieder: Idiot! Selber schuld, wenn ihr nicht genügend Ersatzteile dabeihabt und so blöd seid, ohne den blassesten Schimmer einer Ahnung wie ein Auto funktioniert, die Sahara durchqueren zu wollen! Willi bekam schon Probleme, wenn er bloß den Ölstand kontrollieren sollte.

Eine ältere Frau, die ihr Glas eigentlich nur auf unseren Tisch gestellt hatte, um ihre Einkäufe zu sortieren, hing an Willis Lippen und schauderte demonstrativ. Ob das an der Kälte oder an vergeudetem Mitgefühl lag, interessierte mich nicht.

Willi hatte sich gerade in epischen Beschreibungen der allmählichen Austrocknung ihrer Körper und beginnender Halluzinationen ergangen, als ich es nicht mehr ausgehalten und Sina gebeten hatte, mir doch beim Zurückbringen der leeren Gläser und dem Kauf neuen Glühweins zu helfen. Deshalb warteten wir jetzt geduldig an der Theke, bis sich eine Lücke auftat.

„Du hast ja recht", seufzte ich. „Heute begreife ich auch nicht mehr, was mich damals an ihm so angezogen hat. Sein Geld jedenfalls kann es nicht gewesen sein, davon kriege ich freiwillig und ohne Belege keinen Cent. Ich meine, sparsam war er vor unserer Ehe auch schon, klar, aber heute? Der wischt mit dem aus seinem Badeschwamm gepressten Wasser das ganze Haus und aus dem Rest kocht er noch Kaffee. Was seinen Charme betrifft ... auch dessen Zeit ist lange vorbei." Ich zuckte die Schultern. Heute zeigte er stolz seinen Wohlstandsbauch sowie die Manieren eines Schweins auf dem Sofa.

„Was denn? So knapp hält er dich? Also das sollte mein Männe mal versuchen. Der würde was zu hören kriegen. Als

Ehefrau hast du doch auch Rechte. Du erledigst den ganzen Haushalt und versorgst ihn, dafür muss er doch zahlen, oder?"

„Theoretisch. Praktisch sieht das anders aus."

„Wieso? Behandelt er dich schlecht? Schlägt er dich etwa?"

„Das nicht, nein, aber er rechnet mir eben alles vor. Wenn wir nicht so sparsam leben würden, könnten wir uns keinen Urlaub leisten, wiederholt er wie eine Schellackplatte mit Sprung." Ich seufzte und drehte mich leicht zur Seite, sodass ein paar angeheiterte Jugendliche ihre Bestellungen der Bedienung über meine Schulter hinweg zurufen konnten. Natürlich handelte es sich bei „unseren Urlauben" um seine sogenannten Abenteuertrips. Glücklicherweise bestand er nicht auf meiner Begleitung. Wenn er wüsste, wie gern ich daheimblieb ... Dann genoss ich mein bisschen Freiheit und betete, er würde endlich einmal nicht zurückkommen. Aber das tat er. Immer wieder.

Hätte ich bloß nicht diesen verdammten Ehevertrag unterschrieben! Aber damals war ich geblendet gewesen von seinem Charme, seinem guten Aussehen, seiner Abenteuerlust und den Leuten, mit denen er sich umgab. Für mich war das alles neu und aufregend. Meine bisherigen Freunde konnten da einfach nicht mithalten. Ich liebte ihn oder glaubte es zumindest. Jedenfalls vermochte ich mir nicht vorzustellen, dass die Gefühle einmal erkalten würden. Aber das war schneller geschehen als gedacht. Und nun saß ich da mit diesem Holzklotz von Ehemann, den ich nicht verlassen konnte, ohne auf der Straße zu stehen mit nichts in der Hand. Dummerweise hatte ich geheiratet, ohne meine Ausbildung zu beenden. All das erzählte ich, nicht zum ersten Male, Sina.

„Da muss man doch etwas machen können! Hast du mal

mit einem Anwalt gesprochen? Vielleicht ist der Vertrag ja sittenwidrig oder wie das so schön im Juristendeutsch heißt?"

„Was glaubst du wohl? Nein, keine Chance. Der Vertrag ist hieb- und stichfest. Dafür hat Willi schließlich seine Freunde. Scheidung kommt nicht infrage."

Sina rümpfte die Nase: „Du Ärmste. Es muss doch eine Möglichkeit geben, irgendeine!"

Nun ja, sie hatte nicht unrecht. Wenn ich ihn nicht verlassen konnte, warum sollte ich dann nicht dafür sorgen, dass er mich verließ? Seitdem dieser Gedanke zum ersten Mal aufgetaucht war, las ich Kriminalromane mit ganz anderen Augen. Doch solche Überlegungen wollte ich für mich behalten, auch wenn Sina meine beste Freundin war. Man konnte nie wissen, wie eine Beziehung sich entwickelt. Schließlich war ich einmal hereingefallen und gebranntes Kind scheut das Feuer.

Zurück an unserem Tisch wurden wir von Willi und Sinas Freund Rudi mit verhaltenem Hallo ob des Nachschubs begrüßt. Der Kreis der Zuhörer hatte sich erweitert und Willi war inzwischen bei einem weiteren seiner sogenannten Abenteuer angekommen. Hastig griff er nach dem Glühwein: „Hm, das tut gut. Allein die Erinnerung macht durstig!" Dann ging es ohne Pause weiter.

Gerade war wieder ein neuer Strom von Besuchern angekommen. Jeder versuchte, sich irgendwie in den Bereich der Wärmestrahler zu quetschen. Ein Hauch von Zimt hing in der Luft, vereinzelt fielen weiße Flocken vom Himmel. Es hätte so schön sein können. Sina stand zwischen Willi und Rudi, ich auf der anderen Seite, eingeklemmt zwischen einander zuprostenden neuen Freunden. Wer Willi bewundernd zuhörte, zählte automatisch zu seinen „Freunden".

„Weihnachten geht es wieder auf die Malediven", erzählte Willi derweil. „Blauer Himmel, blaues Wasser. Diese feuchte Kälte in Deutschland ist ja nicht zum Aushalten! Das einzig Gute am hiesigen Winter ist der Glühwein! Prost allerseits!" Er trank den Umstehenden zu, um dann, noch bevor er sein Glas abgestellt hatte, fortzufahren: „Beim Tauchen muss man allerdings aufpassen. Ich kann euch sagen, wenn da plötzlich ein Hai auf einen zuschwimmt, da bekommt man schon ein mulmiges Gefühl. Dieses riesige Maul mit den winzigen messerscharfen Zähnen. Habt ihr mal den Film ‚Der Weiße Hai' gesehen? Dann wisst ihr, wie ich mich gefühlt habe. Natürlich habe ich immer mein Messer dabei. So angriffslustig wie diese Tiere sind, muss man mit allem rechnen. Hier, schaut mal, diese Narbe habe ich von einem Angriff zurückbehalten. Es war ein Kampf auf Leben und Tod ..." Er zerrte seinen Schal beiseite, sodass man eine kleine Narbe in der Beuge zwischen Hals und Schulter erkennen konnte.

Ich tarnte mein Lachen mit einem heftigen Hustenanfall. Darin war ich geübt. Denn diese Narbe hatte er beim „Angriff" eines Splitters erhalten, als ihm beim Holzhacken für den neuen Kamin ein kleines Stückchen abgesprungen, vermutlich von der Hauswand abgeprallt und oberhalb des Schlüsselbeins eingedrungen, war. Nicht einmal Holz konnte er hacken, ohne dass es zu einem Unfall kam. Wäre der Splitter doch nur länger gewesen oder wenigstens richtig schön schmutzig!

„... aber dann stach ich zu und das Blut floss nur so. Ich musste mich beeilen, denn Blut im Wasser lockt weitere Haie an ..."

Das einzige Mal, dass er einen Kampf mit einem Hai erlebt hatte, war vor dem Fernseher gewesen, und da hatte er im Sessel gesessen und Erdnüsse gemampft. Sehr gefährlich – für den Cholesterinspiegel!

Willi schaute mich böse an. Mein Husten störte seine Konzentration. Die brauchte er, wenn er die Bilder der Mattscheibe in eigene Erfahrung umsetzen wollte.

Sina schien den Blick bemerkt zu haben, denn sie schimpfte lautstark auf das nasskalte Wetter, das die Erkältungen nur so sprießen ließ und reichte mir demonstrativ eine Packung Taschentücher. Während ich mir die Nase putzte, gingen meine Gedanken eigene Wege. Willi besaß ein Jagdgewehr. Nicht angemeldet. Irgendwann irgendwie besorgt. Gebrauchen durfte er es nicht, aber ihm genügte das Gefühl, eine Waffe zu besitzen. Ich hatte schon häufiger darüber nachgedacht, sie zu benutzen, aber den Kerl einfach erschießen war nicht nur unbefriedigend, sondern würde den Tatverdacht automatisch auf mich lenken. Das ging also nicht.

Wenn in dieser Menschenmenge eine Panik ausbrechen würde? Während ich noch darüber nachdachte, fuhr meine Hand automatisch in die Jackentasche, um mit dem Feuerzeug zu spielen. Ich blickte mich um. Keine Lichter auf den Tischen, ausschließlich auf der Theke, und auch da nur LED-Kerzen. So eine blöde Erfindung! Der Anblick des Apothekenlogos auf Sinas Taschentüchern ließ mich an verschiedene Pülverchen denken. Im Sommer hatten wir einigen Ratten den Garaus machen müssen. Ein kleiner Rest des Giftes befand sich noch in der Tüte und im Gedränge des Weihnachtsmarktes ... Nein, zu unsicher. Seitdem die Gemeinde herausgefunden hatte, dass sich mit Pusten gutes Geld verdienen ließ, trieben sich viel zu oft Uniformierte mit und ohne Auto in der Gegend herum. Während ich geistig die verschiedenen Möglichkeiten durchging, hörte ich nebenbei, wie Willi gebeten wurde, weiterzuerzählen.

49

Jetzt kam seine Expedition durch den Dschungel Mexikos an die Reihe. Im Katalog wurde diese Expedition als leichte Wanderung beschrieben, begleitet von einem erfahrenen Reiseleiter. Der wurde in Willis Erzählungen natürlich unterschlagen. Der Rasen der Hotelanlage wuchs sich zum undurchdringlichen Dschungel aus, während der Pool zum gefährlichen Wildwasser mutierte.

Neulich hatte doch etwas über eine Gasexplosion in der Zeitung gestanden! Ein winziger Funke hatte genügt, um ein Häuschen in einer Kleingartenanlage ausbrennen zu lassen. Vielleicht ließ sich da etwas arrangieren. Die Würstchenstände arbeiteten doch fast alle mit Gasflaschen. Ich nahm mir fest vor, gleich morgen früh einmal nachzusehen, wo die gelagert wurden und ob es zugängliche Leitungen gab. Willi rauchte zu viel. Das wusste jeder, der ihn kannte, und falls ein Gasanschluss undicht war ... Kurz streifte mich der Gedanke, einfach eine Gasflasche zu kaufen. Doch erschien mir das Risiko zu groß. Es würde eine Flasche sein müssen, wie sie auf dem Weihnachtsmarkt üblich war, und ich hatte keine Ahnung, ob man diese einzeln in einem Baumarkt bekommen würde. Außerdem hätte ich sie unauffällig in der Nähe einer Würstchenbude verstecken müssen. Wenn die Polizei dann Willis Tod untersuchte, entdeckte sie womöglich, dass der Unfall gar kein Unfall war. Und dann ... Nein, besser nicht.

Willis neue Freunde unterbrachen meinen Gedankenfluss. Sie lachten und grölten und stießen mit ihren Gläsern an. Wobei Willi sich wieder einmal lautstark über Rudis Kinderpunsch mokierte. Dabei wusste er ganz genau, dass der Lebensgefährte meiner Freundin einen Herzanfall gehabt hatte und seitdem vorsichtig geworden war. Statt sich ein Beispiel zu nehmen, machte er sich über ihn lustig. Was für ein Kotzbrocken! Erschießen wäre wirklich zu gut für ihn. Warum konnte er keinen Herzanfall kriegen? Selbst wenn der nicht tödlich endete, ein paar Wochen Krankenhausaufenthalt täten ihm gut und mir noch besser. Aber das war Wunschdenken. So etwas passierte nur netten Menschen wie Rudi. Inzwischen war Willi bei der Begegnung mit der Tarantel angelangt. Unter seiner Beschreibung wuchs sich das kleine Tierchen zum blutsaugenden Monster aus. „So war es doch, oder? Guck nicht so ernst, Mädchen, sonst glauben unsere Freunde noch, dir ist die Milch sauer geworden!"

Er lachte schallend und fand sich ungeheuer witzig.

„Mir ist eisig kalt", murmelte ich. „Ich hole mir noch einen Punsch." Rücksichtslos drängelte ich durch die Menge. Ich brauchte Abstand, einen Moment Ruhe. Lieber zum x-ten Mal in schmerzhafter Lautstärke „White Christmas" als Willis Pseudo-Abenteuer! Etwas musste geschehen, und zwar bald. Lange hielt ich das nicht mehr aus.

Plötzlich hörte ich aufgeregtes Geschrei aus der Richtung unseres Tisches. Jemand rief nach einem Krankenwagen. Überrascht und in der vagen Hoffnung, das Schicksal möge Willi getroffen haben, zwängte ich mich durch die Menge. Das gestaltete sich jetzt noch schwieriger als vorhin, da offenbar jeder Einzelne neugierig und nicht bereit war, mich vorbeizulassen. Schließlich hatte ich es geschafft und hätte am liebsten laut gejubelt. Meine Wünsche schienen in Erfüllung zu gehen. Willi lag mit dem Oberkörper auf dem Tisch, ringsherum zerbrochene Gläser. Blutrot tropfte der Glühwein zu Boden. Rudi versuchte gerade, seinen Freund etwas zur Seite zu drehen, um dessen Schal lockern zu können. Offenbar wollte er ihm die Atmung erleichtern.

Ich bemühte mich, meine Freude nicht zu deutlich zu zeigen. „Was ist passiert?"

„Keine Ahnung", sagte Sina leichthin. „Plötzlich stöhnte er kurz auf und brach zusammen. Wahrscheinlich zu viel gesoffen."

„Oder seine Abenteuer haben ihn dermaßen mitgenommen", meinte einer der Umstehenden spöttisch, „dass er noch nachträglich ...!"

„Wie können Sie so etwas nur sagen? Darüber macht man keine Witze!", unterbrach eine ältere Dame empört.

„Bitte beruhigen Sie sich. Alle!" Eine energische Männerstimme mischte sich ein. „Ich habe die 112 angerufen. Es wird gleich ein Krankenwagen kommen. Das kann nicht lange dauern!"

Meinetwegen brauchen die sich nicht zu beeilen, dachte ich. Zum ersten Mal seit langer Zeit mochte ich meinen Mann wieder. Ein paar Gäste gaben gute Ratschläge wie: „Seitenlage, er muss in die Seitenlage gebracht werden!" oder: „Zieht ihm doch endlich die dicke Jacke aus, damit er Luft bekommt!" Am besten wäre es wohl, ihn in den Schnee zu legen, um ihm die Sachen auszuziehen. Mit etwas Glück bekäme er eine Lungenentzündung. Doch bevor jemand aktiv werden konnte, hörten wir das durchdringende „Tatütata" eines Krankenwagens.

Ich beobachtete Willi. Täuschte ich mich oder wurde seine Atmung langsamer? Sein Stöhnen erschien mir auch nicht mehr so laut. Aus den Augenwinkeln bemerkte ich, wie Sina sich mit einem halb gefüllten Glühweinglas in der Hand durch die Menge schlängelte. Dann drängten die Sanitäter die Zuschauer energisch zur Seite und begannen gleich darauf mit Willis Reanimation. Als Sina zurückkam – mein Mann wurde gerade auf eine Tragbahre gehievt – stellte sie beiläufig ein leeres Glas auf dem Tisch ab. Die Umstehenden beobachteten die Sanitäter, die Willi zum Rettungswagen brachten, während Rudi sich um unsere Taschen und Tüten kümmerte. Ein böses Grinsen umgab Sinas Mundwinkel, als sie mir quasi im Vorübergehen zuflüsterte: „Bei Herzmuskelschwäche gibt es kein besseres Mittel als Digitalis. Rudi braucht es regelmäßig. Bei Gesunden jedoch ... Kleiner Dienst unter guten Freundinnen.“

DRAUSSEN VOM WALDE KOMM' ICH HER ...
Richard Lifka

Wie ich Weihnachtsfeiern hasse! Jeden Winter, jahrein, jahraus trifft man sich ab November, egal ob Bürogemeinschaft, Praxisteam, zusammengetrommelte Schnürsenkel- oder Druckmaschinenvertreter, Manager und Sachbearbeiter. Außerhalb der Dienstzeit versteht sich, eine freiwillige Pflichtveranstaltung. Die Probleme der Arbeitswelt werden ausgeblendet, sollen an diesen fröhlichen und besinnlichen Abenden keine Rolle spielen, aber gären unter der Schädeldecke konzentriert fort.

Ganz anders die Beamten. Jede Abteilung veranstaltet ihre büroeigene Weihnachtsfeier an unterschiedlichen Tagen. Selbstverständlich während der Dienstzeit und genießt Häppchen, Kanapees, Sektchen und Säftchen. Natürlich sind die umliegenden Büros ebenfalls dazu eingeladen, sodass ab Mitte November jeder Arbeitstag ein Festtag ist. Haben Sie schon mal versucht, im Dezember Ihren Sachbearbeiter beim Finanzamt anzurufen, oder gar den für Sie Zuständigen in der Arbeitsagentur? Probieren Sie es erst gar nicht: Die Warteschleifen mit nervender Musik dauern endlos.

Sie denken, das sei zu negativ, zu sarkastisch? Vielleicht. Aber wenn Sie, wie ich, Jahr für Jahr damit zu tun hätten, hätten Sie eventuell ein wenig Verständnis für meine Gemütslage. Ich bin nervös, labil, melancholisch und frustriert. Nacheinander und manchmal alles zusammen. Jetzt zum Beispiel läuft mir der Schweiß am ganzen Körper herunter, die Brille beschlägt und das Eisen in der Hosentasche drückt.

Allerdings: Wenn ich es recht bedenke, habe ich meine Frau auf ebenso einer Feier kennen und lieben gelernt. Es war genau hier im *Mainzer Hof* in Heidesheim. Vor sieben Jahren. Wie schön Maria war. So aufgeschlossen. Und total nett zu mir. Ich war sofort Feuer und Flamme. So etwas war mir bis dahin noch nie widerfahren. Einzigartig. Wen wunderte es, dass wir noch am selben Abend oben ein Zimmer nahmen und in der Kiste landeten. Einen Monat später heirateten wir. Ich war im siebten Himmel und Maria am Ziel ihrer Pläne. Das wusste ich damals allerdings noch nicht.

Der *Mainzer Hof* ist brechend voll. Überall aneinandergereihte Tische. Gesellschaften eben. Weihnachtsfeiern.

Drüben im Garten stehen Leute herum. Schadet garantiert nicht, mal hinzugehen. Eine Gruppe von zehn bis zwölf Männlein und Weiblein. Die meisten chic, besonders die Damen. Frieren sich in ihren dünnen Pumps und kurzen Kleidchen den Hintern ab. Da nutzt auch der Glühwein oder Eierpunsch wenig, der an der Holztheke von einem Kellner und seiner Gehilfin ausgegeben wird.

Sie haben sich um Stehtische mit Heizstrahlern gruppiert und reden Small Talk miteinander. Ich gehe auf jemanden zu. Ein großer, kräftiger Mann. Graue kurz geschnittene Haare, jugendliches Gesicht, ist aber bestimmt älter als er aussieht.

„Ho, Ho, Ho", begrüße ich ihn. Er lächelt zurückhaltend.

„Kennen Sie Maria?", frage ich.

„Welche Maria?", antwortet er verunsichert.

Anscheinend kennt er sie nicht. Eine Frau mit blonden Haaren tippt mir auf die Schulter. „Wo kommen Sie denn her?"

„Hoch vom Himmel", brumme ich, was für allgemeine Erheiterung sorgt und mir einen Glühwein einbringt. Als ob es mir nicht schon warm genug wäre. Ich frage am anderen Stehtisch, ob dort jemand Maria kenne, bekomme ebenso nur unverständliches Kopfschütteln zur Antwort. Ein etwas vorwitziger Kleiner mit gelocktem Haar bläst mir Zigarettenrauch in den Bart und meint grinsend: „Nee, nur die Magdalena."

Das reicht. Meine Hand rutscht wie von selbst in die Hosentasche, greift nach dem kühlen Metall. Doch ich beherrsche mich. Alles zu seiner Zeit. Ich schlendere zurück ins Lokal.

Ja, ja, Maria. Ich weiß genau, dass sie schon hier ist oder noch kommen wird. Schließlich habe ich sie lange genug beobachtet.

Die ersten Monate unserer Ehe waren wirklich reines Honigschlecken. Wir hatten tollen Sex, sie las mir jeden Wunsch von den Augen ab und schmeichelte mir in meiner Männlichkeit, obwohl ich ja nun wirklich kein Prachtexemplar dieser Spezies bin, weder äußerlich noch was meinen geistigen Horizont angeht. Da war ich schon immer ehrlich mir selbst gegenüber. Der allmächtige Vater im Himmel hat es den einen gegeben und den anderen eben nicht. So ist das. Ich gehöre zu den anderen.

Allerdings, und dafür muss ich dankbar sein, bin ich mit einem gewissen Geschäftssinn ausgestattet. Als ich die Obstbrennerei meines Vaters übernommen hatte, lief sie mehr schlecht als recht. Erst als ich die geniale Idee für den mittlerweile weltbekannten *Dosen-Willi* hatte, stieg der Umsatz. Das kleine Schnapsdöschen, das wie Leberwurst in der Büchse aussieht, exportieren wir nunmehr in die ganze Welt, was bedeutet, zurück importiere ich jede Menge Kohle in mein Spardöschen. Sie sehen, ich kann auch poetisch sein. Deshalb habe ich die Werbesprüche für unser Spitzenprodukt selbst entwickelt:

Der Willi aus der Dose schützt Sie vor Gicht und Arthrose!

Oder: *Mit Dosen-Willi aus Heidesheim geht Ihnen jede Jungfrau auf den Leim.*

Und für unsere internationalen Kunden: *Drink Canned-Willy and you will never feel silly!*

Genial, oder?

Aber zurück zu Maria. Nach den ersten Wochen himmlischer Liebesnächte schien meine Manneskraft irgendwie nachzulassen, denn Maria begann, sich mehr und mehr zu langweilen. Auch am Tage wurde sie zurückhaltender, sprach wenig, lachte kaum noch. Es dauerte lange, bis ich das so richtig kapierte. Schließlich musste ich ja täglich Berge von Obst verarbeiten, brennen und ins Döschen füllen, um der immensen Nachfrage gerecht zu werden. Na, irgendwann habe ich es gerafft und Maria direkt gefragt. Zunächst meinte sie nur, es sei alles in bester Ordnung, vielleicht ein paar Gemütsschwankungen oder so etwas. Als ich nachbohrte, kam sie dann mit der Wahrheit raus. Sie sei wegen ihres Bruders Joseph so deprimiert.

Mit dieser Bemerkung wurde mir plötzlich klar, dass ich eigentlich sehr wenig über Maria wusste. Von einem Bruder hörte ich da zum ersten Mal. Dass ihre Eltern früh verstorben waren, hatte sie nach der Hochzeit mal kurz erwähnt. Ach ja, sie käme aus Ingelheim. Mehr wollte, mehr musste ich nicht wissen. Maria liebte mich, ich liebte sie, was brauchte es sonst noch?

Also der Bruder. Was denn mit ihm sei, hatte ich gefragt. Und da floss es förmlich aus ihr heraus. Joseph und sie seien stets unzertrennlich gewesen. Nach dem frühen Tod der Eltern habe er sich aufopferungsvoll um sie gekümmert, wäre immer für sie da gewesen und jetzt ginge es ihm erbärmlich schlecht. Er habe seinen Job als gelernter Zimmermann verloren und sei am Boden zerstört.

Na, dem Problem konnte man doch schnell zu Leibe rücken. Er solle zu uns kommen, er könne bei mir arbeiten und so lange bei uns wohnen, wie er wolle, war meine spontane Antwort gewesen. Vielleicht etwas zu spontan. Aber ich wollte meine alte, unbeschwerte Maria wiederhaben. Drei Tage später, es war zwei Monate vor Heiligabend, klopfte Joseph an unsere Pforte, trat ein, bezog das Dachgeschoss und ließ sich häuslich nieder.

Hier im *Mainzer Hof* brummt jetzt die Küche. Fütterungszeit. Die Serviermädels schleppen Suppentasse für Suppentasse und Teller für Teller zu den Gästen. Auch die Gruppe von den Heizstrahlern sitzt erwartungsvoll aufgereiht an aneinandergeschobenen Tischen und begutachtet Besteck bewaffnet, was sich da so vor ihnen auftut. Guten Appetit! Ob ich nochmals hingehe? Ich meine, da sind ja schon ein paar scharfe Ladys drunter. Vielleicht sollte ich vorbauen, für die Zeit nach Maria. Kaum gedacht, geht die Tür auf und wer kommt rein? Genau. Meine Maria, den Joseph im Schlepptau.

„Ho, Ho, Ho", erdreistet sich der Kerl mir ins Gesicht zu spucken und greift dabei Maria an den Hintern. Noch eine seiner so vielen Unverschämtheiten. Erstens ist das mein Text, zweitens der Po meiner Maria. Eigentlich schade um das wohlgeformte Hinterteil, wenn es in wenigen Minuten blutleer und leblos der Verwesung preisgegeben sein wird.

Meine Hand fährt langsam in die Hosentasche. Legt sich ruhig und geschmeidig um die Pistole. So kalt, so hart und so tödlich. Ganz anders als meine Finger. Schweißnass, heiß und zittrig. Ich zögere. Wieder flackern die Bilder der letzten Monate in meinem verwirrten Hirn umher.

Maria in unserem Ehebett. Auf ihr stoßend der stöhnende Joseph. Ihre Lustschreie.

Neues Bild: die gähnend leeren Kontoauszüge der Firmenkonten.

Neues Bild: die Zwangsversteigerung meiner Firma und meiner Häuser.

Neues Bild: Josephs grinsendes Gesicht, als das Ermittlungsverfahren gegen ihn niedergeschlagen wurde. Aus Mangel an Beweisen!

Die beiden drücken sich an mir vorbei. Fragen die Frau hinterm Tresen nach dem reservierten Tisch. Er hilft ihr aus dem sündhaft teuren Mantel. Maria trägt ein weites Kleid. Watschelt ein wenig. Zusammen gehen sie, nein sie schreiten, nach rechts hinten, wo ein mit Kerzen und roten Rosen stimmungsvoll garnierter Zweiertisch auf sie wartet. Zwischen Messer und Gabel stehen mit Weihnachtsservierten dekorierte Teller. Darauf je ein *Dosen-Willi*. Mein *Dosen-Willi!* Ich schleiche ihnen nach, da fasst mich jemand an der Schulter. Ich zucke zusammen, drehe mich blitzschnell um.

„Na, na. So schreckhaft, Nikolaus?", geifert der Kerl, der mir vorhin den Rauch ins Gesicht geblasen hat. Am besten putz ich den gleich mit weg. Hinter ihm steht der große Kräftige.

„Was hast du denn in deinem Sack, lieber Weihnachtsmann", grinst der, schon leicht angeheitert. Langsam, aber sicher löst mein Bart sich auf, der Klebstoff hält den Schweißrinnsalen, die über mein Gesicht strömen, nicht mehr stand. Auch die weißen Augenbrauen fangen an, ihre eigenen Wege zu gehen. Ganz abgesehen von der Plastikmaske mit den dicken Pausbacken. Und diese schweren, schwarzen Stiefel.

Bleib ruhig, rede ich mir zu. Die beiden sind zwar lästig, können aber nichts für Marias Verfehlungen. Ich reiß mich los, trete in die Mitte des Lokals. Ziehe die Pistole. Ein Schuss in die Decke und es herrscht augenblicklich Todesstille. Dann beginnen mehrere Frauen gleichzeitig zu kreischen, wollen aufspringen. Ein zweiter Schuss. „Ruhe!", brülle ich, was unter der dämpfenden Maske nicht so deutlich durchdringt. Ein dritter Schuss. „Keiner bewegt sich!" Na also. In der rechten Hand die Pistole, zerre ich mit der linken den Rucksack vom Rücken, stelle ihn vor mir auf einen Stuhl, öffne ihn und ziehe ein in Gold eingeschlagenes Buch hervor und lege es offen aufgeschlagen auf den Tisch.

„Ho, ho, ho.
Von drauß' von der Grabenstraße komm ich her;
ich muss euch sagen, die Brennerei, die gibts nicht mehr.
All überall auf den Bäumen und Reben,
sah ich runde Kuckucks kleben.
Und von der Budenheimer Straße kam flott herbei
mit blauen Kerzen die Autobahnpolizei.
Und wie ich so strolcht' entlang dem finst'ren Rhein,
da rief eine Stimme klar und fein:
„Hast' denn die Rute auch bei dir?"
Ich sprach: „Die Rute, die ist all hier."
Ich hebe die rechte Hand.
„Doch für die Kinder nur, die schlechten"
Langsam bewege ich mich auf den Zweiertisch zu.
„Die trifft sie in den Teil, den rechten."
Ich stehe vor Maria. Ihren Augen sehe ich an, dass sie mich erkannt hat. Keine Angst, nur maßloses Erstaunen.

Das hat sie mir wohl nicht zugetraut. Laut fahre ich fort:
„Christkindlein sprach: So ist es recht,
so geh mit Gott, mein treuer Knecht!"
Joseph springt auf, will mir die Waffe entreißen. Ein Schlag mit voller Kraft in sein feistes Gesicht belehrt ihn, sich nicht einzumischen. Blutend und winselnd sinkt er auf den Stuhl zurück.

Meine Maria. Wie habe ich dich geliebt. Wie habe ich deinen Körper angebetet. In diesen makellosen Leib werde ich nun ein paar Löcher ballern. Dann ist es vorbei, mit belügen, betrügen, bestehlen und verhöhnen. Und mit Maria. Und Joseph. Und mit ihrem ungeborenen Jesuskind, oder wie immer ihr Bastard heißen sollte.

Noch zwei Schritte vor und ich drücke ab. Das Geschoss wird mit einem explosionsartigen Knall aus dem Lauf geschleudert werden, in einer tausendstel Sekunde die Kluft zwischen ihr und mir überbrücken, wird in den Stoff ihres weißen Kleides eindringen, den Busen durchschlagen und in ihrem verräterischen Herzen explodieren.

Der rote Nikolausmantel ist zu lang. Ich trete auf den Saum, gerate ins Straucheln, stolpere nach vorne und schlage hart auf eine Stuhlkante. Ein Schuss löst sich, ich falle um, krache auf den Boden und sehe unter dem Tisch Marias Beine. Diese langen, grazilen Beine, diese wohlgeformten Waden und ach so festen Oberschenkel. Zugegeben, schwangerschaftsbedingt scheinen die Füße und Fesseln etwas dicker geworden zu sein.

Ganz langsam, wie in Zeitlupe, neigt ihr Oberkörper sich zur Seite. Bekommt Übergewicht und rutscht vom Stuhl. Reißt die Tischdecke mit sich nach unten. Ihr Kopf knallt hart auf den Boden. Ihre Augen starren mich an. Aus dem schwarzen Loch in ihrer Stirn quillt ein kleiner Tropfen

Blut, neben ihrem roten lockigen Haar rollt ein *Dosen-Willi* fort ins Lokal. Ich hebe die Hand, führe die Pistole an meine Schläfe ... zögere ... mein Arm wird schwer ... drücke ab und der *Dosen-Willi* zerplatzt.

SÜSSER DIE KASSEN NIE KLINGEN
Franziska Franke

Gnadenlos fegte der eisige Wind über das Kopfsteinpflaster des Mainzer Marktplatzes, als Maria zum Personaleingang des großen Kaufhauses im Brandzentrum hetzte. Es war Montag, der 1. Dezember des Jahres 1975, und die Aushilfs-Verkäuferin hatte verschlafen. Trotz der winterlichen Kälte war sie völlig verschwitzt, als sie ihre Stechkarte mit noch vor Aufregung zitternder Hand in die Maschine schob. Das Geräusch des Abstempelns erschien ihr so laut wie der Hammer eines Auktionators. Mit einem mulmigen Gefühl im Magen zog sie ihre Karte wieder heraus, atmete aber erleichtert auf, als sie sah, dass die gestempelte Zahl schwarz war. Acht Uhr neunundfünfzig, das war knapp!

Um ihren Arbeitsplatz, den Süßigkeitenstand, zu erreichen, musste sie die gesamte Lebensmittelabteilung durchqueren. Wenigstens ging es zwischen Konservendosen und Gemüse gemächlich zu. Ihr graute es schon vor dem bevorstehenden hektischen Arbeitstag. Es war sicherlich kein Zufall, dass man die Aushilfen an den überlaufenen Weihnachtsständen einsetzte.

Während sie den Obststand passierte, schnappte Maria sich eine getrocknete Dattel, schob sie sich in den Mund und kaute genüsslich darauf herum. Plötzlich tippte ihr jemand von hinten auf die Schulter und Maria hätte fast vor Schreck aufgeschrien.

„Wollen Sie mich umbringen?", hätte sie den unsensiblen Zeitgenossen am liebsten angefahren. Erbost drehte sie sich um und blickte in das blasierte Gesicht des Abteilungsleiters Lebensmittel, der sie von den zerzausten Haaren bis zu den eiskalten Füßen musterte.

„Frau Hoffmann! Folgen Sie mir bitte umgehend in mein Büro!", forderte er sie mit Leichenbittermiene auf und Maria fühlte sich an die Kommissare im Fernsehen erinnert.

Das durfte doch wohl nicht wahr sein! Nur weil sie eine einzige Dattel geklaut hatte? Der Abteilungsleiter würde sie doch wohl hoffentlich nicht gleich anzeigen oder gar entlassen?

Als sie beklommen an Tiefkühltruhen und Getränkeregalen vorbei ihrem Chef nachschlich, fühlte sich Maria wie auf dem Weg zum Schafott. Hastig zerkaute sie die Dattel, die auf einmal einen unangenehmen Nachgeschmack hinterließ. Dabei versuchte Maria ihren Unterkiefer so wenig wie möglich zu bewegen, denn der Abteilungsleiter konnte sich jeden Augenblick umdrehen. Sie würgte den letzten Bissen herunter, aber leider war der Kern zu groß, um ihn ebenfalls herunterzuschlucken. Maria erwog, ihn mit einer schnellen Handbewegung aus dem Mund zu holen, verwarf diese Idee aber wieder. Daher begnügte sie sich damit, den Kern mit der Zunge in die linke Backentasche zu schieben. Innerlich fluchte sie vor sich hin, dass sie rein mechanisch nach der Dattel gegriffen hatte, ohne dabei an die Kameras zu denken.

Das Büro des Chefs war winzig, aber mit einem protzigen Bürostuhl mit hoher Lehne und einem wuchtigem Schreibtisch aus Resopal ausgestattet. Der Abteilungsleiter ließ sich auf seinen Drehstuhl fallen, machte sich aber nicht die Mühe, Maria ebenfalls einen Platz anzubieten. Sie setzte sich trotzdem auf einen der an der Wand aufgereihten, unbequemen Holzstühle, die den Raum, trotz seiner geringen Abmessung, wie einen Wartesaal wirken ließen.

Der Abteilungsleiter schaute Maria über die Ränder seiner Brille hinweg streng an, nun einem Arzt ähnelnd, der im

Begriff war, seinem Patienten zu verkünden, dass er an einer unheilbaren Krankheit litt. Dieses hochnäsige Gehabe ließ ihn aber auch nicht eindrucksvoller wirken. Er war einer dieser blassen Anzugträger, die scharenweise auf Messegeländen und Bahnhöfen anzutreffen waren und einander glichen, als ob sie Brüder wären.

„Es ist etwas sehr Schwerwiegendes vorgefallen", erklärte er schließlich, genüsslich die Wirkung seiner Worte auskostend.

Dieser Wichtigtuer! Alles nur wegen der verdammten Dattel! Maria tat ihm nicht den Gefallen, zu reagieren oder gar etwas zu erwidern.

„Ihre Kasse hatte gestern ein Manko von 10 Mark."

Maria fehlten einen Augenblick lang die Worte. Beinahe hätte sie aufgelacht, so erleichtert war sie. Wie gut, dass sie sich nicht entschuldigt hatte, was sie beinahe, einem spontanen Impuls folgend, getan hätte. Dann kam die Ernüchterung. Was hatte der Abteilungsleiter eben gesagt? Er bezichtigte sie nicht des Mundraubs, sondern hielt sie tatsächlich für eine Diebin. Sonst hätte er sie kaum so dramatisch in sein Büro zitiert. Maria fröstelte, der Winter schien bei dieser Vorstellung in das Kaufhaus einzuziehen.

„Ich weiß nicht, wie das passieren konnte. Ich zähle Wechselgeld immer ganz sorgfältig nach", stammelte sie. „Ich bin aber nicht die Einzige an der Kasse. Da ist noch diese junge Frau, die mich in den Pausen ablöst. Ich glaube, sie ist auch eine Aushilfe."

„Ich weiß", erwiderte der Abteilungsleiter schlecht gelaunt. „Mit der jungen Dame werde ich selbstverständlich auch noch sprechen."

Mit einer blasierten Geste bedeutete er der Verkäuferin, dass die Unterhaltung für ihn beendet war. Bestürzt erhob sich Maria von ihrem harten Stuhl. Als sie das Büro verließ, erwiderte ihr Vorgesetzter nicht einmal ihren Gruß.

Dabei konnte es doch nur ein Versehen gewesen sein. Eine der beiden Kassiererinnen hatte einen Schein zu viel herausgeben, kein Wunder bei der Hektik, die in der Vorweihnachtszeit am Stand herrschte! Außerdem war es nicht ungewöhnlich, dass Kassen ab und zu ein Manko aufwiesen. Wenn man sich zugunsten des Kunden irrte, säckelte dieser wortlos das Geld ein. Wenn er hingegen übervorteilt wurde, protestierte er lautstark. Als ob es nicht entwürdigend genug war, dass die Verkäufer den Kundeneingang nicht benutzen durften, damit man sie besser kontrollieren konnte. Maria erzielte jeden Dezember Rekordumsätze mit ihren Süßigkeiten, aber niemals war auch nur ein Wort des Dankes zu hören! Und jetzt wurde sie auch noch für eine Diebin gehalten! Maria versuchte, an etwas Angenehmes zu denken, aber es gelang ihr nicht, sosehr hatte sie sich geärgert.

„Warum haben Sie eigentlich zurzeit so viele Sonderangebote im Kaufhaus?", fragte eine Kundin und riss damit sie aus ihren Gedanken.

„Man feiert tausend Jahre Quelle", hörte Maria sich selbst sagen, und biss sich bereits auf die Zunge.

„Ach so", erwiderte die Kundin gelangweilt und verschwand in der Menge, bevor Maria ihr nachrufen konnte, dass sie in ihrer Zerstreutheit das Firmenjubiläum mit dem des Domes verwechselt hatte. Die Kaufhauskette war natürlich erst hundert Jahre alt, aber wen kümmerte es! Der Kundin war der Irrtum jedenfalls nicht aufgefallen. Kopfschüttelnd sortierte Maria die Marzipanbrote, die die Kunden schon wieder durcheinandergebracht hatten. Der weitere Arbeitstag verging ohne besondere Vorkommnisse.

Am nächsten Morgen brach sie früher als gewöhnlich

auf, sie wollte sich nicht wieder so abhetzen wie am Vortag. Zehn vor neun erreichte sie den Personaleingang, schloss ihre Habseligkeiten in der Garderobe ein und schlenderte dann, ein Lied vor sich hinsummend, zu ihrem Arbeitsplatz. Ein Kinobesuch mit ihrer besten Freundin hatte sie die leidige Kassengeschichte fast vergessen lassen.

Der Weihnachtsstand war trotz der frühen Stunde bereits von munter plaudernden Hausfrauen in dicken Winterjacken umlagert. Ein Mann im dunklen Anzug, der nervös auf und ab ging, war ein Fremdkörper unter ihnen. Er drehte sich jäh um und Maria brach der Schweiß aus: Es war der Abteilungsleiter, der sie bereits ungeduldig erwartete. Sein finsteres Gesicht rief Maria unsanft in die schnöde Wirklichkeit zurück.

„Es haben wieder zehn Mark gefehlt!", erklärte er ohne weitere Umschweife und bedachte seine Verkäuferin dabei mit mörderischen Blicken.

Maria war einen Augenblick lang fassungslos. Diesmal konnte es sich nicht um ein Versehen handeln. Schließlich war es unwahrscheinlich, dass sich eine der beiden Kassiererinnen zweimal hintereinander um exakt den gleichen Betrag verrechnet hatte.

Nur keinen schuldbewussten Eindruck erwecken, dachte sie. *Dann bist du verloren!*

„Also an mir liegt es nicht", beteuerte sie im Brustton der Überzeugung. „Ich habe gestern das Wechselgeld besonders sorgfältig nachgezählt, wegen … damit nicht schon wieder …"

Maria ärgerte sich über sich selbst, weil sie so hilflos herumstammelte. Der Abteilungsleiter starrte sie mit vor der Brust gekreuzten Armen und hochgezogenen Augenbrauen an. Er hätte einen guten Großinquisitor abgegeben.

„Wir werden das über kurz oder lang aufklären", verkündete er in einem pompösen Tonfall und rauschte ab wie eine indignierte Diva.

Maria musste wahrscheinlich dafür dankbar sein, dass man sie nicht offen des Diebstahls bezichtigte. Sie dachte an ihre Pausenablösung und Wut stieg in ihr auf. Bei nüchterner Betrachtung der Sachlage gab es für sie nur eine Erklärung für die fehlenden Geldbeträge: Ihre Kollegin, deren unaussprechlichen Namen sich Maria einfach nicht merken konnte – irgendetwas Slawisches – musste es gewesen sein. Sie hatte einen Griff in die Kasse gemacht! Ungeduldig erwartete Maria die Mittagspause, denn sie wollte ein Wörtchen mit ihrer sauberen Kollegin reden.

„Hat man dich auch nach dem Manko in der Kasse gefragt?", fragte sie die junge Frau ohne Gruß, kaum dass sie sich der Sonderverkaufsfläche genähert hatte. Sie war fast einen Kopf kleiner als Maria, hatte schwarzes Haar und war für eine Verkäuferin viel zu gut gekleidet.

„Ja, sicher!", erwiderte sie mit einem schwer zu deutenden Gesichtsausdruck.

„Und?"

„Meinst du etwa, ich habe das Geld gestohlen?"

Die Kollegin starrte sie mit vor Wut funkelnden Augen an.

„Eine von uns beiden hat das Geld genommen und ich weiß, dass ich es nicht war", insistierte Maria und sah ihre Pausenablösung scharf an. Deren Miene verhärtete sich, aber sie brachte keinen Ton heraus. Schließlich biss sie sich auf die Unterlippe und schaute herausfordernd zu Maria hoch.

„Ich bin es nicht gewesen!"

War es nur diese gottverdammte Hektik, die bewirkte, dass die Nerven aller Beteiligten langsam blank lagen?

„Ich auch nicht!", stellte Maria mit Nachdruck richtig.

Als sie in die Kantine ging, folgte ihr der vorwurfsvolle Blick ihrer Kollegin. Das Essen war gar nicht so schlecht – es gab Geschnetzeltes mit Sahnesoße – aber beim Anblick des Abteilungsleiters, dem sie zufällig über den Weg lief, wurde Maria übel. Sie gab vor, ihn nicht zu bemerken, und auch ihr Chef schaute geflissentlich an ihr vorbei.

Nach der Mittagspause hatte sich die Kollegin noch immer nicht abgeregt. So wurde die Ablösung wortlos vollzogen. Dann stand Maria wieder an der Kasse und brütete dumpf vor sich hin, bis es endlich halb sieben war. Bevor sie sich auf den Heimweg machte, trank sie einen Glühwein auf dem Weihnachtsmarkt. Während sie anschließend durch den Schnee stapfte, fragte sie sich, warum ihre Kollegin nur kleine Geldbeträge stahl und noch dazu auf eine Art und Weise, dass es auffallen musste. Wollte sie erwischt werden? Wenn man den Fernsehkrimis Glauben schenken durfte, wollten Serientäter im Grunde ihres Herzens gefasst werden. Aber galt dies auch für Eierdiebe?

Am nächsten Morgen war Maria fast darüber erstaunt, dass der Abteilungsleiter ihr weder in der Lebensmittelabteilung noch vor ihrem Verkaufsstand auflauerte. Vielleicht war die leidige Geschichte endlich aufgeklärt? Vor ihrem inneren Auge sah Maria, wie ihre dunkelhaarige Kollegin in Handschellen von der Polizei abgeführt wurde. Umso erstaunter war sie, als die junge Frau sie mittags ablöste.

„Hast du etwas gehört?", fragte sie. Die andere Aushilfe nickte mit gleichmütiger Miene.

„Es haben wieder zehn Mark gefehlt."

Maria atmete tief durch, um nicht ausfallend zu werden, denn sie fühlte sich vom scheinheiligen Gesicht ihrer Kollegin provoziert. Langsam konnte sie ihre Wut auf die dilettantische Diebin nur noch schwer im Zaum halten.

„Also, ich möchte dir mal einen freundschaftlichen Rat-schlag geben: Wenn du dich wieder einmal nicht beherr-schen kannst, dann steck wenigstens das Geld ein, ohne es in die Kasse einzutippen", entfuhr es ihr. „Wie kann man nur so blöd sein!"

Die kleine, dunkelhaarige Kollegin starrte Maria nun an wie eine Furie. „Das nimmst du sofort zurück!"

Ein Kunde, der sich mit einer großen Packung Wein-brandbohnen der Kasse näherte, verhinderte, dass die Situa-tion endgültig eskalierte. Maria nutzte die Gunst der Stunde und verschwand in die Kantine. Sie bereute bereits ihre har-ten Worte, obwohl sie immer noch der festen Überzeugung war, dass ihre Pausenablösung eine abgefeimte Lügnerin und Diebin war.

Als sie vom Mittagessen zurückkam, war Maria auf einen Streit gefasst, aber ihre Kontrahentin brütete über ihrer Kas-se und sagte kein Wort. Schweigend übergab sie den Kassen-schlüssel. Ihr eingeschnappter Gesichtsausdruck zeigte, dass sie ihr den Schlüssel am liebsten vor die Füße geworfen hätte.

Am frühen Nachmittag war das Geschäft etwas schlep-pend und Maria ließ ihren Blick gelangweilt durch die Eta-ge schweifen. Er blieb an einem muskulösen Mann um die fünfzig hängen, der betont lässig am Zeitschriftenstand her-umlungerte und im Stehen die Allgemeine Zeitung las. Trotz der winterlichen Kälte trug der Fremde einen dünnen, na-turweißen Trenchcoat und einen karierten Sommerhut, den er tief in die Stirn gezogen hatte. In dieser Aufmachung sah er aus wie ein Detektiv aus einem Gangsterfilm der Schwar-zen Serie. Hatte das Kaufhaus tatsächlich wegen dreißig Mark einen privaten Ermittler angeheuert, dessen Stunden-lohn wohl weit über diesem Betrag lag? Maria konnte es egal sein, denn sie hatte ein gutes Gewissen.

Als sie zur Kaffeepause abgelöst wurde, erwog sie einen Augenblick lang, Gnade vor Recht ergehen zu lassen und ihre Kollegin zu warnen, aber sie unterließ es. Wenn die wahre Diebin nicht erwischt wurde, würde der Verdacht für immer an ihr kleben bleiben. Wahrscheinlich tuschelte man bereits im ganzen Haus über sie.

Viertel nach vier kam Maria aus der Kantine zurück, wo sie sich ein Stück Kuchen gegönnt hatte. Noch immer drückte sich der Mann im Trenchcoat mit der Zeitung in der Ecke herum. Nun war es eindeutig! Man ließ sie überwachen. Wieder dachte Maria an das Verbot, den Kundenausgang zu benutzen und an die demütigenden Taschenkontrollen am Feierabend. Unmut stieg in ihr auf. Warum war sie eigentlich, trotz ihres Hungerlohns, so ehrlich, obwohl man sie sowieso für eine Diebin hielt? Der Detektiv machte sich nicht einmal die Mühe, seine Zeitung von Zeit zu Zeit umzublättern. Marias sportlicher Ehrgeiz wurde durch dieses provozierende Verhalten geweckt. Sie hatte bisher nicht gestohlen, weil sie ehrlich war, nicht, weil sie zu dumm dazu war! Wenn sie es nur wollte, konnte sie die schikanösen Kontrollen umgehen und auch den Detektiv überlisten.

Langsam strömten die ersten berufstätigen Kunden ins Kaufhaus und Maria machte sich auf den üblichen abendlichen Stress gefasst. Ein eiliger Kunde drückte ihr im Vorbeigehen eine Mark für einen kleinen Weihnachtsmann in die Hand und rannte dann durch den Ausgang, um den Bus zu erreichen, der gerade an der benachbarten Haltestelle vorfuhr.

Am Nachbarstand plärrte ein Kind. Maria schrak bei dem schrillen Geräusch zusammen. *Nur nicht die Nerven verlieren,* sagte sie sich, während sie zum anderen Ende der Sonderverkaufsfläche schritt, wo eine alte Dame in violettfarbenem Wintermantel die Christstollen skeptisch beäugte.

„Ich kann Ihnen auch gern einen halben Stollen verkaufen, wenn Ihnen ein ganzer zu groß ist", bot Maria in zuckersüßem Tonfall an.

Die alte Dame schaute über ihren Brillenrand hinweg zu ihr hoch und ein Lächeln huschte über ihr faltiges Gesicht.

„Oh, das wäre aber sehr nett von Ihnen."

Maria umfasste das große Messer und durchschnitt – immer noch mit der Mark in der Hand – den Stollen. Sie legte ihn auf die Waage, kassierte die alte Dame ab, ließ deren Münzen in die Kasse fallen, behielt aber die Mark in der Faust.

Danach bediente sie einen weiteren Kunden. Erst dann wagte sie es, ein Taschentuch aus der Hosentasche zu holen und dabei die Mark hineinfallen zu lassen. Ein Glücksgefühl stieg in ihr auf. Sie war nicht so dämlich, Geld zu stehlen, das bereits registriert worden war!

In den verbleibenden zwei Arbeitsstunden wiederholte sie noch dreimal den Trick mit dem Taschentuch, jedes Mal mit rasendem Puls, aber sie schaffte es, einen ungerührten Gesichtsausdruck aufzusetzen und ihre Tat mit ruhigen, fließenden Bewegungen zu begehen. Wie gut, dass neben der Kasse diese kleinen Weihnachtsmänner für eine Mark lagen. Daher drückten ihr die Kunden immer wieder einmal eilig eine Münze in die Hand. Am Abend fühlte sich Maria wie ein Mitglied einer Elitetruppe, die eine Schlacht gegen einen übermächtigen Feind gewonnen hatte.

Am nächsten Arbeitstag lehnte derselbe Zeitungsleser wieder lässig am Illustriertenstand. Ob er sich wenigstens jeden Tag eine neue Zeitung besorgte? Eigentlich konnte er sich diese Ausgabe sparen, da er sie ja doch nicht las.

Leider hatten an diesem Vormittag die kleinen Weihnachtsmänner die Gunst der Käufer eingebüßt und nicht der geringste Nervenkitzel unterbrach die Monotonie der Arbeit. Maria wollte die Mittagspause nicht allein verbringen und eilte nach der Ablösung zum Seidenschal-Sonderstand, an dem Claudia Schuster arbeitete, mit der sie früher schon gelegentlich einen Kaffee in der Kantine getrunken hatte.

„Schön, dass du vorbeikommst!", wurde sie schon aus der Ferne begrüßt. „Ich muss ganz dringend zur Toilette. Kannst du mal kurz meine Kasse übernehmen?"

Maria verspürte wenig Neigung, in ihrer Pause zu arbeiten, aber was blieb ihr anderes übrig, als gute Miene zum bösen Spiel zu machen?

„Von mir aus", brummte sie. „Ich dachte, wir könnten zusammen essen gehen?"

„Ein andermal vielleicht, heute habe ich bereits eine Verabredung", entgegnete die Textilverkäuferin und schon war sie davongeschossen.

Schön hat sie es hier, dachte Maria und schaute sich um. *Sie kann bei der Arbeit sitzen und außerdem bekommt sie Prozente.* Bestimmt herrschte hier nie so ein Andrang wie bei den Süßigkeiten. Momentan war jedenfalls kein Kunde weit und breit zu sehen. *Wenn es durch die Tür nicht so ziehen würde, wäre es richtig angenehm, hier zu arbeiten.* Ohne nachzudenken, band sich Maria einen Schal um den Hals und betrachtete sich im Spiegel! Gut sah sie aus! Was mochte das schöne Stück wohl kosten? *Denk noch nicht einmal darüber nach*, sagte sie sich. *Dein Konto ist bereits überzogen.* Frustriert ließ sie sich auf den Stuhl neben der Kasse fallen. Dann schaute sie sich vorsichtig um. Alle Leute, die gesehen hatten, wie sie das Seidentuch umgebunden hatte, waren mittlerweile davongeeilt. Ob sich der Pförtner daran erinnerte, dass sie am Morgen kein Tuch getragen hatte? Hochgradig unwahrscheinlich! In Maria erwachte der Ehrgeiz, ihre Karriere als Diebin zu krönen: Mit langsamen Handbewegungen pulte sie das Preisschildchen ab und zerbröselte es zwischen den Fingerspitzen.

„Tut mir leid, dass es so lange gedauert hat." Maria wäre vor Schreck fast ohnmächtig geworden, als sie von hinten angesprochen wurde. „Aber ich bin Monika begegnet und du weißt doch wie geschwätzig sie ist …"

„Jetzt muss ich aber gehen", unterbrach Maria den Redefluss, damit die Kollegin das Tuch nicht bemerkte. „Vielleicht klappt es ja demnächst mal wieder."

„Ganz bestimmt! Danke, dass du mir geholfen hast!"

Kein Wunder, dass sie immer dicker wird, wenn sie den ganzen Tag nur herumsitzt, dachte Maria als sie sich noch einmal umschaute.

Als sie zur Arbeit zurückkehrte, verursachte der Anblick ihrer eigenen Pausenablösung Maria ein schlechtes Gewissen. Vor ihrem inneren Auge sah sie die gestohlenen Münzen und das Seidentuch.

„Das habe ich gestern nicht so gemeint", beteuerte sie. „Mir geht die Sache nur ziemlich auf die Nerven."

„Ist schon gut", erwiderte die andere Verkäuferin versöhnlich.

„Du musst aber schon etwas vorsichtiger sein, bei du weißt schon was."

Die Kollegin sog scharf die Luft ein.

„Wenn du Probleme hast …" Maria fand nicht die richtigen Worte. „Weißt du, das ist auch keine Lösung. Früher oder später erwischt man dich. Dann verlierst du deinen Arbeitsplatz und deine Probleme fangen erst richtig an."

Die dunkelhaarige junge Frau trat einen Schritt zurück. Sie wirkte, als ob sie aus einer Erstarrung erwacht wäre. „Du verdächtigst mich also noch immer?" Sie klang ernsthaft empört.

„Ja, wer soll es denn sonst gewesen sein? Aber ich nehme es dir nicht mehr übel", meinte Maria gönnerhaft.

„Ich war es nicht!", insistierte die Kollegin mit einem wütenden Gesichtsausdruck, den Maria der kleinen Frau mit den sanften Zügen nie zugetraut hätte.

„Nicht so laut!", sagte Maria und deutete unauffällig auf den Mann im Trenchcoat. „Da drüben steht ein Detektiv. Er beschattet uns."

Das verkniffene Gesicht der anderen Frau erhellte sich und sie brach in schallendes Gelächter aus.

„Du hast eine blühende Fantasie", meinte sie, als sie sich wieder etwas beruhigt hatte. „So etwas gibt es nur in schlechten Filmen."

Dann ging sie und ließ Maria allein mit ihren Gedanken und ihren Sorgen.

Am folgenden Tag – es war der dritte des Belagerungszustandes – sah Maria sich nach dem Detektiv um, konnte ihn aber nirgendwo finden. Ihre Kollegin wird doch nicht zu leichtsinnig geworden sein?

Maria erschrak, als sie die breite Gestalt des Abteilungsleiters sah, die sich auf ihren Süßwarenstand zuschob. Das bedeutete nichts Gutes! Maria atmete tief durch. Sie würde sich nicht von ihrem Chef einschüchtern lassen. Das Seidentuch hatte sie wohlweislich zu Hause gelassen und die Münzen waren nicht durch die Kasse gelaufen.

Als er vor ihr stand, bemerkte Maria, dass ihr Chef einen verlegenen Eindruck machte. So hatte Maria ihn noch nie gesehen. Sie kannte ihn nur als anmaßend, eingebildet und arrogant.

„Das Haus entschuldigt sich bei Ihnen", sagte er mit der monotonen Stimme eines Schülers, der ein Gedicht aufsagt. Maria verspürte einen Stich in der Herzgegend, als sie an ihre Pausenablösung dachte. Der Abteilungsleiter hüstelte, glättete sein Sakko. Erst dann sprach er weiter. „Wir haben die Kasse vom technischen Dienst überprüfen lassen. Sie war defekt."

Ohne eine Antwort abzuwarten verschwand er nach dieser kurzen Erklärung, sichtbar erleichtert, sich seiner unangenehmen Aufgabe entledigt zu haben. Mit klopfendem Herzen lehnte sich Maria an die Theke. Sie konnte es einen Augenblick lang nicht fassen, was sie soeben gehört hatte. Ihre Kollegin war tatsächlich so unschuldig wie sie selbst oder eigentlich noch viel unschuldiger.

Das ist typisch, dachte sie schließlich. *Man hat die Kasse erst dann überprüfen lassen, als es keine andere Erklärung für die Unregelmäßigkeiten mehr gab!*

Sie dachte an ihr schönes neues Seidentuch und beschloss reuig, es ihrer Kollegin zu Weihnachten zu schenken.

ZEIT BIS HEILIGE DREI KÖNIGE
Brigitte Vollenberg

Der Dom St. Peter zu Worms ragte steil in den herbstlichen Himmel. Corinna schlenderte über den Domplatz. Sie blickte auf ihre Uhr. Zeit genug, schnell einen Espresso zu trinken. Oder?

Sie entschied sich dagegen. Vielleicht komme ich etwas eher an die Reihe, dachte sie, und strebte dem Neumarkt zu. Außerdem schmeckte der Kaffee beim Friseur auch ganz gut.

Kunstvoll gestaltete Hochglanzmagazine lagen in der Wartezone bereit. Weihnachtliche Dekorationsvorschläge und Rezeptkreationen bestimmten die Illustrierten. Bevor sie die Zeitschrift wieder aus der Hand legte, fiel ihr Blick auf die Rubrik „CALLBOY-Kleinanzeigen". Sie schaute auf. Keine weitere Kundin saß neben ihr. Niemand konnte vermuten, auf welchen Artikel sie ihren Fokus richtete. Sie schlug die Zeitschrift wieder auf: „Der Nikolaus hat noch Termine frei!", stach ihr fett gedruckt ins Auge. „Heiliger Nikolaus mit Erfahrung (hochwertige Verkleidung) kommt zu Ihnen, auf Wunsch auch mit Engeln und Knecht Ruprecht. Bei Interesse bitte anrufen."

Dass es kein Angebot war, den lieben Kleinen die Stiefel zu füllen, die sie am Nikolausabend vor die Tür stellten, war eindeutig. Dieser Nikolaus würde seinen Auftritt nicht im familiären Kreis einer christlichen Familie haben und aus dem goldenen Buch vorlesen. Corinna stellte sich keinen Nikolaus vor, der dem typischen Erscheinungsbild rote Nase, wuscheliger Bart, klein und rund mit dickem Bauch und schlurfendem Gang, entsprach. Der Nikolaus in ihrer

Fantasie sah ganz anders aus, war ein verführerischer, junger Mann: groß, schlank, durchtrainiert, mit einem Waschbrettbauch. Er lehnte, in seinem roten Kostüm, die Kordel seines weiten Mantels eng um die Taille gezogen, an einem Kaminsims.

Corinna dachte gleich an Nathalie, ihre beste Freundin, seit Jahren Single und ab und zu in Sachen Männern auf Partys unterwegs. Nathalie konnte sich nicht auf einen Mann festlegen. Sie war einfach für eine Partnerschaft nicht geschaffen.

Corinna schaute sich um, wollte nicht ertappt werden. Heimlich, ohne ein Geräusch zu verursachen, trennte sie die Seite mit der Anzeige aus der Zeitschrift heraus. Das letzte Ratschen ging im Surren eines eingeschalteten Föhns unter. Das wäre ein Geschenk für Nathalie, überlegte sie. Kurz dachte sie an das letzte Weihnachtsgeschenk zurück. Drachengold – der Wormser Einkaufsgutschein war als besondere Geschenkidee zu Weihnachten angekündigt worden. Zum letzten Weihnachtsfest hatten sie sich gegenseitig einen dieser Gutscheine überreicht und bisher nicht eingelöst. Deshalb hatten sie jetzt vereinbart: Nur ein Geschenk, wenn es individuell ist und persönlich, keine Gutscheine mehr. „Und wenn wir keine gute Idee haben, dann soll es halt so sein", hatte Nathalie gesagt.

Dieser Nikolaus wäre ein ausgefallenes Geschenk und absolut persönlich, dachte Corinna und freute sich. Statt zu Weihnachten bekommt sie das Geschenk zum Nikolaustag. Verstohlen faltete sie das Blatt zusammen und ließ es in ihrer Handtasche verschwinden.

Sie verließ den Friseur mit dem erwarteten „Ich-seh-gut-aus-Gefühl" und superguter Laune: Ihre Idee für Nathalies Weihnachtsgeschenk hielt sie für genial.

Corinna hatte sich mit Nathalie für den Nikolausabend verabredet. Sie besuchten den Wormser Weihnachtsmarkt, tauchten ab in das romantische Flair des Obermarktes und schlenderten durch die kleine Budenstadt bis hin zum Lutherplatz. Sie erfreuten sich an der festlichen Weihnachtsbeleuchtung, betrachteten die dargebotenen Kunstwerke, den Weihnachtsschmuck, passierten die „lebende Krippe" und strebten dem Glühweinstand zu. Mit einem Glas Glühwein eröffneten sie hier traditionsgemäß ihre persönliche Weihnachtszeit. Die Besuchermassen waren riesig. Besonders am Glühweinstand war viel los. Sie warteten zwanzig Minuten in der Schlange, um endlich ein Glas dieses köstlichen Getränks in der Hand zu halten. Corinna sah heimlich auf die Uhr. Lange dürften sie den Besuch auf dem Weihnachtsmarkt nicht ausdehnen. Sie musste Nathalie pünktlich vor ihrem Haus absetzen, so hatte sie es mit Max, dem attraktiven Nikolaus, vereinbart. Nathalie war es zu voll, außerdem hatten sie noch keinen einzigen Bekannten getroffen. „Ich hab den Eindruck, heute sind viele Touristen unter den Weihnachtsmarktbesuchern", sagte sie. „Mir reicht der Geruch von gerösteten Mandeln, Eierpunsch, Glühwein und Bratwurst, das Gedudel von Weihnachtsliedern und das Gebimmel des Kinderkarussells. Wie ist es? Trinken wir bei mir noch einen Schluck Rotwein, gemütlich vor dem Kamin? Das ist besser, als sich hier durch die Massen zu bewegen", schlug Nathalie vor. „Warum schaust du ständig auf deine Uhr, hast du heute noch was vor? Olli hat doch Spätdienst. Oder?"

Ich habe nichts mehr vor heute, dachte Corinna, aber du. Sie grinste zufrieden und amüsiert.

Corinna hatte erfolgreich den Rotwein ausgeschlagen und das gemütliche Beisammensein auf das Wochenende verschoben. Sie saß in ihrer Wohnung auf dem Sofa und wartete. Sie war sich sicher, sobald Max sich verabschiedet hatte, würde sich Nathalie bei ihr melden. Bis zehn hatte sie Max bezahlt. Jetzt war es erst kurz vor neun.

Er hatte einen sehr vertrauensvollen Eindruck auf sie gemacht. Er war Student und verdiente sich in der Adventszeit etwas dazu, indem er als Nikolaus arbeitete. Die Besuche bei Kindern sind nicht lukrativ genug, hatte er Corinna erzählt. Seine Einsatzmöglichkeit bei Damen sei einerseits angenehmer und spaßiger und die Kasse stimme auch. Für ihn sei es kein Unterschied, ob er nach einem Discobesuch ein Mädel abschleppe oder als Auftragsnikolaus Freude bereiten würde. Außerdem reize ihn die schauspielerische Herausforderung, sagte er Corinna. Er warf einen Blick auf das Foto, das Corinna ihm von Nathalie zeigte. „Hübsch, sehr hübsch und dann noch Single?", fragte er kopfschüttelnd und nahm den Schlüssel von Nathalies Wohnung entgegen. Eigentlich traf er seine Kundinnen nie in den eigenen vier Wänden. Er arrangierte immer Treffen an neutralen Orten. Bei Corinna als Auftraggeberin machte er eine Ausnahme. In seiner Laufbahn als Nikolaus war es bisher nicht vorgekommen, dass eine Frau ihn für die beste Freundin engagierte. Endlich einmal keine frustrierte alte Schachtel, sondern eine nette junge Frau. Vielleicht bestand die Möglichkeit und es wurde mehr daraus!

Das Telefon klingelte. Corinna sprang vom Sofa, ergriff hastig den Hörer. „Hallo!", brüllte sie.

„Nathalie hier! Hast du Zeit? Ich brauche deine Hilfe." Nathalies Stimme klang komisch, fremd.

„Was, was ist los? Geht es dir gut?", stotterte Corinna.

„Ja, mir geht es gut. Aber wenn ich dir erzähle, was gerade passiert ist! Du wirst es nicht glauben", flüsterte Nathalie. „Wie es aussieht, habe ich gerade den Nikolaus umgebracht."

„Du hast was?", rief Corinna. „Den Nikolaus umgebracht? Ich komme sofort."

Corinna zog ihre Stiefel an, griff den Mantel von der Garderobe, den Hausschlüssel und lief los. Es hatte leicht angefangen zu schneien. Sie schlug den Mantelkragen hoch. Weit war es nicht bis zu Nathalies Haus. Sie würde nur ein paar Minuten brauchen.

Nathalie stand bereits an der Haustür und erwartete sie.

„Wo ist er?", fragte Corinna aufgeregt.

„Vor dem Regal mit der Musikanlage."

Corinna riss ihre Augen auf. Ihre rechte Hand schnellte zum Mund, um den beginnenden Aufschrei zu unterdrücken. Sie gab unartikulierte, gedämpfte Laute von sich.

Die beiden Freundinnen standen fassungslos vor dem Nikolaus, der auf dem Parkettboden lag. Die Kapuze war verrutscht und gab ein hübsches Männergesicht mit einem Dreitagebart frei. Auf dem hellen Holzboden hatte sich eine dunkle Blutlache gebildet. Der rote weite Mantel war geöffnet und zur Seite gefallen: Der Nikolaus war nackt, bis auf schwarze Lederstiefel.

„Er ist tot. Ich habe es bereits überprüft", sagte Nathalie.

„Wir müssen die Polizei rufen", schlug Corinna vor.

„Wir sollten nicht vorschnell handeln", entgegnete Nathalie.

„Ich weiß nicht, wie er hier hereingekommen ist. Es ist nichts gestohlen worden. Es ist nichts zerstört. Wie soll ich der Polizei erklären, warum er nackt unter seinem Kostüm ist? Irgendwas sträubt sich in mir zu glauben, dass er mich vergewaltigen oder ausrauben wollte."

„Wie hast du ihn ...", deutete Corinna die Frage nach der Tatwaffe an.

„Als ich ins Haus kam, war im Wohnzimmer Licht. Die Tür stand einen Spalt auf. Ich habe leise meine Schuhe ausgezogen, den Golfschläger aus dem Bag gezogen, das Gott sei Dank neben der Garderobe stand. Dann bin ich ins Wohnzimmer geschlichen. Der Nikolaus lehnte vor dem Regal, mit dem Rücken zu mir. Ich glaube jetzt, dass er nur eine CD einlegen wollte. Ich habe ausgeholt, wie zu meinen besten Zeiten beim Training und ihm einen Schlag verpasst. Der Driver hat ihn wohl unglücklich am Kopf getroffen."

Corinna stand auf, näherte sich vorsichtig der Leiche. Sie bückte sich, fingerte am Nikolauskostüm herum. Sachte fuhr sie mit der Hand in die mit weißem Pelz besetzte Seitentasche des roten Mantels und hielt Nathalie einen Schlüssel entgegen.

„So ist er hier hereingekommen. Mit einem Schlüssel. Es ist der Schlüssel, den du vor Jahren bei mir deponiert hast, falls du dich einmal aussperren solltest."

„Kennst du den Toten?", fragte Nathalie und wurde noch blasser, als sie ohnehin schon war.

„Ja", stammelte Corinna. „Das ist ... ehm ... das war Max, ein Callboy, mein vorgezogenes Weihnachtsgeschenk für dich."

Corinna wurde schlecht. Sie griff das nächstliegende Sofakissen, presste es sich vor den Mund und eilte ins Bad.

Nathalie saß am Küchentisch, als Corinnas Magen sich einigermaßen wieder beruhigt hatte. Die Tür zum Wohnzimmer war geschlossen. Zwei Gläser und eine Flasche Rotwein standen bereit.

„Es gibt Tatsachen im Leben, die lassen sich nicht rück-
gängig machen, und die daraus resultierenden Probleme
sind nicht einfach zu lösen. Allerdings können wir Rah-
menbedingungen schaffen, um Zeit zu gewinnen", wisperte
Nathalie .

„Warum flüsterst du? Max ist tot", sagte Corinna. „Er
kann uns nicht hören."

Nach einer geleerten Flasche Wein setzten sie das Ergebnis
ihrer Überlegungen in die Tat um. Corinna und Nathalie
hüllten Maxs gut trainierten Körper wieder ganz in den Nikolausmantel ein, befestigten den weißen Rauschebart mit
dem Drahtgestell an seinen Ohren und zogen ihm die Mütze tief in das Gesicht. Sie falteten eine Plastikplane auseinander und legten den Nikolaus darauf. Nathalie deaktivierte
die Bewegungsmelder im Garten, die für die Beleuchtung
zuständig waren. Durch die geöffnete Terrassentür zogen sie
ihn weiter über die festgefrorene Grasnarbe, auf der sich bereits eine feine weiße Schneeschicht gebildet hatte. Hinten
im Garten stand eine Bank. Und Max würde dort eine Zeit
lang als dekoratives Element sitzen. Bisher hatte Nathalie
es vermieden, mit Nikoläusen ihr Grundstück zu dekorieren oder leuchtende Elche und Rentiere in ihrem Vorgarten
grasen zu lassen. In diesem Jahr passte sie sich der Nachbarschaft an. Jedem, der durch die dichte Hecke in ihren Garten schauen würde, bot sich ein Bild wie in anderen Gärten
auch. In nichts unterschied sich Nathalies Garten in dieser Saison in Sachen Weihnachtsdekoration von denen der
Nachbarn. Bis zum nächsten Tauwetter hätten Corinna und
Nathalie jetzt erst einmal Zeit darüber nachzudenken, wie
sie den Nikolaus verschwinden lassen konnten.

Die Meteorologen haben einen kalten frostigen Winter
prognostiziert, dachte Nathalie. Wir können uns Zeit las-

sen bis Heilige Drei Könige, je nach Wetterlage auch länger. Nicht selten hängen Nikoläuse aus Plastik sogar Ostern
noch an den Hausfassaden

STUHLTEST
Regina Schleheck

Wie Jessi diesen Sausack anhimmelte! Von der ersten Minute an – wie es mir nachträglich vorkam. Dabei hatte er mir nur eines voraus: Er konnte Glühwein literweise ihn sich reinkippen, ohne dass man ihm etwas anmerkte. Es beförderte zwar die Frequenz seiner Dixi-Klo-Besuche bzw. als die Schlange da zu lang wurde, wich er ins Café Esselborn aus, wo sie den Durchmarsch der Weihnachtsmarktbesucher vergeblich abzuwimmeln versuchten. Aber bei der Strichprobe stolperten die Mädels um kurz nach acht schon über die eigenen Füße und ich hatte ebenfalls Mühe, neben ihnen in der Spur zu bleiben. Niko hingegen schritt so traumwandlerisch sicher geradeaus wie Nadia Comaneci in ihren besten Zeiten auf dem olympischen Schwebebalken. Gleich am ersten Tag trank er uns alle drei unter den Tisch. Und ich Idiot hatte ihn noch dazu eingeladen!

Wir standen an der Fachwerkbude am Roßmarkt, Jessi, Nina und ich. Die Detailhandelsfachfrau für aromatisierte weinhaltige Getränke konnte gar nicht so schnell nachlegen, wie die Kundschaft sich durch das Angebot soff: Eierpunsch, Heidelbeer, Schlehe, Apfel-Zimt und klassisch natürlich. Ich bin ja eher konservativ. Aber diese Masche, ein traditionelles, bewährtes Produkt in zwanzig neuen Varianten auf den Markt zu werfen, scheint tadellos zu funktionieren, wie man an modernen Supermarkt-Biersortimenten sieht. Jedes Reinheitsgebot wird da mit Füßen getreten. Heute ist es sogar erlaubt, Hibiskus und Schoko in ein Gesöff zu panschen, das man dann immer noch ungestraft Bier nennen darf!

Frauen lieben die Abwechslung, wie es scheint. Niko hatte erst nur seinen Ellbogen auf unseren Stehtisch gepflanzt, um am Ende mit Jessi und vollem Körpereinsatz – auch wenn meine Freundin jegliche Fremdeinwirkung abstreitet. Überlässt man dem Teufel ein kleines Streichholz, setzt er doch gleich die ganze Schachtel in Brand! Eine Runde nach der anderen hat er geschmissen und ich Blödi war ihm ganz dankbar. Zwei Frauen auf dem Weihnachtsmarkt auszuhalten ist kein Pappenstiel, aber mein Schwesterchen war gerade wieder solo, und ich konnte sie schlecht in ihrem Weltschmerz zu Hause sitzen lassen. Als sich der Typ mit der roten Bommelmütze im Gedränge vor der Bude zu uns gesellte, hatte ich ihm noch launig zugeprostet: „Komm kuscheln!" Wupps, legte er den Arm um Jessi! Dabei hatte ich zwar einladend zwischen die Mädels gedeutet, aber natürlich in erster Linie Nina gemeint. Auch, als er sich dann mit Glühweinrunden einschleimte, hab ich die Gefahr nicht gleich erkannt. Was sicherlich dem steigenden Alkoholpegel geschuldet sein mochte.

Das war am ersten Advent.

In der Woche darauf trafen wir uns täglich nach Feierabend auf dem Alzeyer Weihnachtsmarkt zum Nachglühen. Die Mädels waren Feuer und Flamme und ich hab den Knall nicht gehört. Was war das überhaupt für eine Schießbudenfigur! Sein Alter konnte ich nicht einschätzen, aber ist es nicht ohnehin Frauensache, sich über solche Dinge den Kopf zu zerbrechen? Mir genügte zu wissen, dass ich nicht wegen Verführung Minderjähriger belangt werden konnte, wenn ich auf die Pirsch ging. Nach oben hin war mir ziemlich alles egal. Hauptsache, Frau und kurvig. Jessi war ein alpiner Serpentinentraum, um es im Motorradfahrerjargon auszudrücken. Daher wechselte ich sofort vom Eroberungs- in den Abwehrkampftechniktrainingsmodus, sobald ich das

Terrain bei ihr sondiert hatte. Männer interessierten mich ohnehin nur, sofern sie mir ins Gehege kommen konnten. Bei Niko wäre ich im Traum nicht daraufgekommen, dass eine Frau in ihm etwas anderes als einen überdimensionierten Heinzelmann sehen könnte. Ein netter Kerl, aber definitiv kein Aufreißer, eher der klassische Versagertyp. Tagsüber tigerte er mit rotem Mantel und dickem Sack durch die Fußgängerzone, um Kinder mit irgendwelchen Albernheiten bei Laune zu halten, während deren Eltern Kaufhäuser und Geschäfte stürmten, als stünde der nächste Weltkrieg unmittelbar bevor. Beschäftigungstherapie für Hartz Vierer, vermutete ich. Auf meine Frage, was er außerhalb der Weihnachtssaison machte, kriegte ich ausweichende Antworten.

„Was stellst du eigentlich dar? Nikolaus oder Weihnachtsmann?", wollte Nina wissen.

„Nikoläuse haben einen Krummstab und so eine spitze Mütze." Jessi hielt Nikos Bommel hoch. Seine Kopfbedeckung ähnelte so allerdings eher einem Zaubererhut als einer Tiara.

„Und überhaupt: Wer bringt denn nun die Geschenke, Christkind oder Weihnachtsmann?", hakte Nina nach.

„Ich, wer sonst?", sagte Niko. Wir lachten, aber Niko blieb ernst: „Es geht schlicht um Liebe. Um ein Prinzip, etwas Abstraktes. Roter Mantel, Sack, Krummstab, Mütze, Rauschgoldlocken, Flügel – alles Bilder, die es euch leichter machen sollen. Ich bin die personifizierte Liebe."

„Keine Liebe ohne Sack!", prustete Jessi los. „Aber wo bleibt bloß dein Stab, lieber Nikolaus?" Die Mädels kicherten und wir prosteten unserer personifizierten Liebe zu.

Als die Buden am Freitagabend dichtmachten, zogen wir weiter zu Jessi, die im Schulgässchen ein Wohnküchenklo mit Terrasse bewohnt. Unterwegs versuchten die Frauen auf dem Strich zu laufen, torkelten und ließen sich von Niko auffangen. Auffällig bereitwillig. Ich habs getestet. So nüchtern war ich immerhin gerade noch. Wenn ich links ging und Niko rechts, schwankte Jessi nach rechts, war es andersrum, kippte sie nach links. Da klingelten bei mir die Alarmglocken.

Auf dem Balkon, eingemummelt in Decken, gabs dann Aldi-Glühwein, in der Mikrowelle in Nullkommanix auf die entsprechenden Umdrehungen getrimmt. Ich muss gestehen, ich schwächelte noch vor Mitternacht. Meine Niederlage besiegelte ich über Jessis Klobrille gebeugt, deren Deckel ich gerade noch rechtzeitig hochreißen konnte. Als ich endlich an die frische Luft zurückkehrte, kuschelte meine Freundin sich genüsslich in die Decke, unter der Niko meinen Platz an ihrer Seite eingenommen hatte. „Wie scheiße siehst du denn aus?", fragte sie mehr vorwurfsvoll als besorgt und ohne ihre Position zu verändern. Eine Antwort schien sie nicht zu erwarten. Nina stand auf und lallte: „Kommm, Ulli, ich ruff einn Taxssi." Und ich Idiot war zu schwach, um dem Hampelmann eins auf seine rote Mütze zu geben oder meiner Schwester auch nur zu widersprechen!

Am nächsten Tag kam mir die Sache, nüchtern betrachtet, seltsam unwirklich vor. Irgendein wildfremder Weihnachtsmanndarsteller, mit dem wir nun ein paar Tage lang an der Glühweinbude reichlich über den Durst getrunken hatten, sollte mir die Freundin ausgespannt haben? Ich hatte allerdings bis zum Mittag gebraucht, um überhaupt wieder in die Vertikale zu finden. Jessi ging nicht ans Telefon, was einerseits für einen Samstag normal war, mich aber andererseits wieder misstrauisch stimmte. Mein Kopf war zum Glück zu lädiert zum ernsthaften Nachdenken. Es dunkelte bereits, als mich Ninas SMS erreichte: „Kommste glühen?"

Mir schwante nichts Gutes.

Die drei hatten sich, wie es schien, schon eine ganze Weile gefunden. Die Art, wie Nina das „I" in meinem Namen über die Zunge rollen ließ, sprach für sich. Jessi strahlte mit der Budendeko um die Wette. Niko streckte mir einen frisch abgefüllten Humpen „Glühwein Classic" entgegen und wandte sich dem Tresen zu, um eine weitere Tasse zu ordern. Sollte das ein Versöhnungsangebot sein oder wollte er mich einlullen? Ich schnupperte und nippte vorsichtig. Das kräftige Aroma brachte meinen Kreislauf auf Touren. Dennoch: Ich würde auf der Hut sein!

Niko hob die Tasse: „War schön mit euch!"

„Wie – war!", rief Jessi. „Kaum ist Uli da, willst du abhauen?"

„Nicht gleich", beschwichtigte Niko sie, „aber das ist mein letzter Abend mit euch."

„Waaas?"

Mein inneres Aufjauchzen wurde von dem entsetzten Kreischen der Mädels überlagert. „Wieso das denn?" – „Gerade, wenn es am schönsten ist!" – „Was hast du vor?"

Nikos Lächeln kriegte einen schmerzlichen Zug.

„Sieht so aus, als brauchten sie mich nicht mehr. Ein Nachfolger ist gefunden."

Ach, Göttchen, die Agentur für Arbeit spielte die eigenen Klienten gegeneinander aus! Und dieser Weihnachtsmann hatte die Arschkarte gezogen!

„Tja, bei so einem verantwortungsvollen Posten", konnte ich mir nicht verbeißen, „da sitzt man quasi auf dem Schleudersitz."

Er drehte sich zu mir um und zwinkerte mir zu. „Schleudern würde ich es nicht nennen", meinte er. „Es ist eher so, dass mir der Sitz unterm Hintern weggezogen wird."

Meine Wut bröselte. Er stand definitiv auf der Versagerseite, klar. Und er hatte durchaus kapiert, dass ich ihm nicht mehr sonderlich gut gesonnen war. Aber ich konnte seinen Gesichtsausdruck nicht recht einordnen. Wollte er sich lustig machen? Aber da war wieder diese Andeutung von Schmerz und gleichzeitig etwas Versöhnliches, fast als wollte er mir Verzeihung signalisieren. Er – mir? Wenn er um Verzeihung gebeten hätte, wäre es etwas anderes gewesen! Als er sich wieder den Mädels zuwandte, war der Anflug vorbei. Er scherzte, schäkerte und mein Adrenalinpegel stieg wieder – korrespondierend zu meinen Alkoholpegel. Zum Glück machte die Bude bald Feierabend, Niko lieferte die leeren Tassen ab, und ich streckte ihm die Hand entgegen: „Tja, dann ...“

„Nix dann!“, protestierte Jessi, „wir trinken noch einen Absacker bei mir! Wenn das wirklich das letzte Mal sein soll – du hast uns schließlich immer noch nicht verraten, was du jetzt vorhast! Gehst du etwa weg aus Alzey?“

„Jepp“, sagte Niko nur kurz und: „Klar komme ich noch mit, wenn ihr mich haben wollt! Schließlich soll man erst gehen, wenns am schönsten ist!“

Hätte ich ihm sagen sollen, er möge sich zur Hölle scheren? Ich hakte Jessi ein und zog sie mit, dass Nina und Niko kaum folgen konnten.

Im Nachhinein kann ich nicht mehr alle Details dieses Abends wiedergeben. Vermutlich bemüht sich mein Gehirn nach Kräften, diese Stunden aus meinem Bewusstsein zu tilgen. Nina und Jessi verstummen auch jedes Mal, sobald von Glühwein oder Weihnachtsmarkt die Rede ist. Der Name Niko ist ein halbes Jahr lang keinem von uns über die Lippen gekommen.

An dem Abend haben jedenfalls alle noch einmal tüchtig zugelangt. Ich achtete allerdings darauf, dass ich bei klarem Verstand blieb. Es schlug Mitternacht, zweiter Advent, als Niko sich erhob. Schwankte er? Ich hatte seinen Becher nachgefüllt, sooft es ging. „Na, dann muss ich wohl mal", sagte er und sah mich an.

„Ooch, komm, bleib noch!", schmollten Nina und Jessi und versuchten ihn von rechts und links wieder auf den Stuhl zu drücken. Als er nachgab, flammte eine jähe Wut in mir auf. Mein rechtes Bein schnellte vor und trat gegen den Klappstuhl, auf dem er gerade noch gesessen hatte. Das wollte ich doch mal sehen, wie gut der Herr noch seinen Gleichgewichtssinn im Griff hatte!

Er fiel rücklings. Sein Hinterkopf krachte gegen die Balkonbrüstung. Niko sackte zusammen, schnaufte einmal tief – und lag unbeweglich da.

„Heeee!", Nina plumpste neben ihm auf die Knie und rüttelte an seiner Schulter. „Wassislossmittdir?"

Niko guckte mit starrem Blick in die unergründliche Schwärze des Nachthimmels.

Jessi beugte sich über ihn. „Oh Gott, der atmet nicht mehr", stöhnte sie.

Mir wurde schwarz vor Augen.

Als ich sie wieder aufschlug, saß ich immer noch auf dem Klappstuhl auf dem Balkon. Jemand hatte eine Decke um mich gelegt, aber ich fror. Die Mädels waren mit Aufräumen beschäftigt.

Niko lag nicht mehr da.

Ich zog mich vorsichtig am Balkongeländer hoch und sah mich um. Stockdustere Nacht. Nur in Jessis Wohnung brannte noch Licht. Nina und Jessi standen an der Spüle im Zimmer. Ich lugte über das Geländer. Die Straße war leer. Hatte ich mir alles nur eingebildet? Im Suff? Mit einem Mal kam ich mir vollkommen bescheuert vor. Ich ging rein, drückte mich wortlos an den beiden vorbei und suchte das Klo auf. Auch hier kein Niko.

„Alles klar?", fragte ich bemüht unaufgeregt, als ich zurückkam.

„Schläfst du hier?", fragte Jessi gähnend.

„Das Taxi ist unterwegs, falls du mitkommen willst." Nina klang überraschend nüchtern.

Ich fragte nicht: „Und was ist mit Niko?" Vielleicht war er ja einfach aufgestanden und gegangen!

Stattdessen ging ich mit Jessi ins Bett und schlief ein, ehe ich mich ganz ausgestreckt hatte.

Nein, wir sprachen nicht mehr von ihm. Was war denn auch gewesen? Eine flüchtige Bekanntschaft auf dem Alzeyer Weihnachtsmarkt. Eine Woche, in der wir alle ein bisschen viel getrunken hatten.

Ein Mord. Oder doch ein Totschlag? Eine Kurzschlusshandlung im Affekt!

Keine Leiche!

Ein Hirngespinst also?

Was kein Hirngespinst war: In diesem Jahr fiel Weihnachten aus. Keiner von uns feierte, niemand sprach es auch nur an, verschwendete einen Gedanke daran. Es gab ein paar freie Tage, und das wars. In der Zeitung: nichts. Radio, Fernsehen – als hätte es nie so etwas gegeben wie das Fest des Friedens, der Versöhnung, der Liebe. Der Adventsmarkt wurde in der dritten Dezemberwoche abgebaut, die Weihnachtsbeleuchtung verschwand wie von selbst, die Weihnachtsmänner, die überall in der Stadt an den Fassaden klebten – weg! Alle nahmen wie auf Absprache die Deko wieder ab, verräumten Geschenke in die Schränke auf Vorrat für das nächste Jahr und verloren kein Wort darüber. Wir erlebten den kältesten Winter seit Menschengedenken und keiner schien das Fest der Liebe zu vermissen. So wie im Januar niemand mehr von Weihnachten spricht. Nur dass wir gerade erst Nikolaus gefeiert hatten. Auch wenn ich selbst zu niemandem ein Wort darüber verlor, weil ich es mir selbst nicht eingestehen wollte, kannte ich doch den Grund nur allzu gut:

Ich hatte den Weihnachtsmann umgebracht!

War die Tatsache, dass Niko sich quasi in Luft aufgelöst hatte, nicht der untrügliche Beweis, dass er mehr gewesen war als der Fünf-Euro-Jobber im roten Mantel? Hatte er nicht alles vorhergesagt? Ein Nachfolger sei gefunden, hatte er behauptet. Welcher Nachfolger? Würde es also im nächsten Jahr wieder ein Weihnachtsfest geben? Was mich am meisten quälte: Warum gerade ich? Wenn doch alles einem göttlichen Plan entsprochen haben mochte: Warum hatte er sich bloß an Jessi rangemacht? Damit ich ihn umbrachte? Ich fühlte mich gleich doppelt missbraucht. War ich nicht letzten Endes das Opfer?

Oder waren das alles wilde Glühweinrausch-Fantasien?

Niko! Ich hätte den Namen am liebsten endgültig verdrängt. Aber Jessi hat ihn gestern vorgeschlagen. Neun Monate nach jenem denkwürdigen zweiten Advent wird sie ein Kind zur Welt bringen, und es steht schon fest, dass es ein Junge wird.

Ich hadere immer noch mit mir, ob ich sie nicht zu einem Vaterschaftstest nötigen soll. Aber eigentlich will ich es gar nicht wissen. Das eine steht fest: Es ist ein Kind der Liebe.

Vielleicht können wir uns ja auf „Klaus" einigen?

DAS PERFEKTE WEIHNACHTSDINNER
Vera Bleibtreu

Annegret konnte Wolfram Siebeck nicht leiden und diese Aversion reichte in die 70er Jahre des letzten Jahrhunderts zurück. Nicht, dass Annegret dem bekannten Gourmet jemals persönlich begegnet wäre. Vielmehr war es so, dass Siebeck damals ein Rezept im ZEIT-Magazin veröffentlicht hatte, in dem er die Anweisung gab, ein Rinderfilet zu haschieren. Der Geschmack sei unübertroffen und in keiner Weise mit üblichem Tatar zu vergleichen. Annegret hatte überlegt, ihre Eltern mit diesem Gericht am ersten Weihnachtsfeiertag zu überraschen, und war beschwingt zur Fleischerei geeilt.

Die Metzgersfrau bezichtigte Annegret eines beabsichtigten Verbrechens, ja einer geplanten Todsünde – und das vor allen Kunden, die gerade im Laden standen. Annegrets gestammelte Entschuldigungen wurden von der beleibten Fleischersgattin mit einem Hohnlachen quittiert, während sie ein riesiges Messer in der Hand schwang und so eindrucksvoll demonstrierte, welches Schicksal sie verdorbenen Subjekten zudachte, die Rinderfilets in Hackfleisch verwandeln wollten. Die Umstehenden schüttelten abfällig ihre Häupter und Annegret verließ mit einem schamrot glühenden Kopf, den auch die eiskalte Mombacher Winterluft nicht kühlen konnte, die Metzgerei.

Diese Schmach hatte sie Wolfram Siebeck niemals verziehen. Das traumatisierende Metzgerei-Ereignis hatte ihr jegliche Freude an kulinarischen Genüssen auf immer verdorben.

Sie wusste selbst nicht so genau, warum, aber Annegret hatte kurz danach begonnen, große Messer zu sammeln. Jedoch nicht irgendwelche Küchengeräte, die es bei Tchibo im Angebot gab. Annegret sammelte Metzgermesser. Sie war im Laufe der Jahre zur Spezialistin für Gastronomie-Messer geworden und korrespondierte und tauschte weltweit mit der ausgesuchten Community, die sich dieser Leidenschaft verschrieben hatte. In ihrem Arbeitszimmer hatte sie die schönsten Exemplare in Spezialglas-Vitrinen ausgestellt, einige waren so wertvoll, dass sie nachts in den Safe im Keller kamen. Sie gehörten nur ihr allein. Niemals hätte sie ihre Lieblinge im Wohnzimmer präsentiert. Ihr Ehemann Uli hatte gar kein Verständnis für ihr Hobby und machte sich nur über ihre Flohmarktbesuche lustig, bei denen sie auf der sSuche nach schönen Stücken war. Wie konnte ein Mensch freiwillig mitten in der Nacht aufstehen, nur um im Morgengrauen bei Wind und Wetter Bananenkisten nach großen Metzgermessern zu durchwühlen?! Einmal hatte es einen riesigen Ehekrach gegeben, als sie Uli in der Küche dabei erwischt hatte, wie er mit einem seltenen japanischen Metzgermesser aus dem 18. Jahrhundert Rumpsteaks schnitt. Am liebsten hätte sie ihren Mann damals selbst zu Rumpsteak verarbeitet. Seitdem ließ Uli die Finger von ihren Messern und die Messer blieben im Arbeitszimmer oder im Safe.

Kurz: Ihre Messer waren nicht zum Gebrauch bestimmt. Sie waren wertvolle Sammelobjekte. Zumal Annegret entschieden hatte, dass Kochen ein notwendiges Übel sei, um Mahlzeiten herzustellen, die den Körper am Leben erhielten. Nicht mehr und nicht weniger. Wolfram Siebeck konnte ihr gestohlen bleiben.

Selbst als Ende der 90er Jahre Kochshows modern wurden und alle ihre Freundinnen für Jamie Oliver und Tim Mälzer schwärmten, blieb sie unbeeindruckt. Annegret war jahrzehntelang problemlos mit den zwei Töpfen und der einen Pfanne ausgekommen, die sie von ihrer Oma geerbt hatte, zusammen mit dem unverwüstlichen alten AEG-Herd, der zu Zeiten entstanden war, in denen man nicht wusste, was ein Ceran-Kochfeld war.

Mit Ceran-Kochfeldern kannte sich Annegret inzwischen bestens aus. Nicht, weil sie gerne auf ihnen kochte, sondern weil die bei SCHOTT-Glas hergestellt werden. Annegret und ihr Mann Uli waren beide für SCHOTT tätig, im Management. Mit Uli hatte sie schon die Silberhochzeit hinter sich, bedauerlicherweise würde es mit der goldenen Hochzeit nichts werden. Dabei war es mehr als zwanzig Jahre ganz passabel mit Uli gelaufen, es hatte keinen Grund gegeben, ihm den Tod zu wünschen, nicht einmal nach der Sache mit dem antiken japanischen Messer. Sicher, Uli war nicht mehr der feurige Liebhaber wie zu ihren Studentenzeiten und Annegret fand die Doppelkopfabende mit Andrea und Manfred inzwischen spannender als Ulis eheliche Pflicht-übungen. Dafür war er treu und wenn sie sich bei ihren Freundinnen umhörte, dann war das schon eine ganze Menge. Manfred zum Beispiel war hinter jedem Rock in seiner Firma her, der nicht bei drei auf dem Baum saß. Im Grunde überraschte Ulis Treue jedoch nicht – seine Leidenschaft steckte weniger in seinen Lenden als in der 45 000 € teuren Einbauküche, die seit fünf Monaten ihr Heim zierte und Omas AEG-Herd auf die Entsorgungsstelle in Budenheim verdrängt hatte.

Und genau deshalb würde Uli seine goldene Hochzeit mit Annegret nicht mehr erleben.

Angefangen hatte alles mit Ulis Herzinfarkt vor drei Jahren. Genauer mit der Reha, die er im Anschluss in Bad Berle-

burg absolviert hatte. Dank jahrzehntelanger Kantinenkost
mit einer Neigung zu Schweinebraten und Königsberger
Klopsen und als Bewegungsmuffel verfügte Uli über einen
beachtlichen Umfang – adipös war die wenig schmeichel-
hafte Diagnose der Ärztin in der Rehaklinik. Und schweres
Übergewicht, Adipositas, sei nun einmal einer der Hauptri-
sikofaktoren für einen Herzinfarkt. Uli wurde dann (so sah
es jedenfalls Annegret) einem erbarmungslosen Umerzie-
hungsprogramm unterzogen, einer Gehirnwäsche in Sachen
Ernährung. Als Uli nach drei Wochen Bad Berleburg wieder
in Mainz ankam, wollte er nichts mehr von Knödeln und
Braten wissen. Mittelmeerküche hieß nun sein kulinarisches
Credo. Die leichte Kost der Italiener würde sein Leben retten, erklärte er Annegret. Annegret sah das heute anders: Sie
würde ihn sein Leben kosten.

Wenn es bei der Mittelmeerküche geblieben wäre, hätte
Annegret mit sich reden lassen. Bei ihren Dienstreisen für
SCHOTT, die sie mindestens zweimal im Monat überall
in die Welt hinführten (weltweite Flohmarktbesuche und
wunderbare Fundstücke inklusive), war sie ab und an ge-
zwungen, lokale Spezialitäten zumindest zu kosten. Glücklicherweise gab es bei den meisten Geschäftsessen Buffet und
sie konnte sich an Bekanntes halten. Aber selbst Tagliatelle
mit Pesto und Scaloppine mit Salat hätte sie ertragen, meinetwegen auch auf Dauer.

Bad Berleburg war jedoch nur der Anfang gewesen. Uli
buchte einen Kochkurs bei Frank Buchholz, nahm Worte wie Jakobsmuscheln und Rechaud in seinen aktiven
Wortschatz auf, der Gault Millau und der Guide Miche-
lin lagen auf seinem Nachttisch und er plante Urlaube nur
noch in der Nähe von Gourmettempeln, die er dann ohne
Annegret (die sich natürlich standhaft weigerte), dafür

aber mit Andrea und Manfred aufsuchte. Uli hatte nämlich mit seiner seit Bad Berleburg geweckten Leidenschaft für die Neue Küche auch ihren Freundeskreis angesteckt. Die bislang gemütlichen gemeinsamen Urlaube, deren kulinarische Höhepunkte Fish and Chips an einer Bude in Brighton oder Dover waren, gerieten mehr und mehr zu Pilgerfahrten. Schon auf der Hinreise ging es nur noch um die Frage, wie der Heilige am Herd das Menü konzipieren würde. Die Gespräche beim Doppelkopf drehten sich nicht mehr um Politik, Fußball oder Kino, sondern um Sulmtaler Hühner, schwäbisch-hällisches Landschwein, Safrankruste und Meersalz aus der Camargue. Verzückt fachsimpelten die drei Feinschmecker von frittierten Hahnenkämmen, Tempurateig und Molekularküche. Das waren Themen, die Annegret eigentlich seit jenem denkwürdigen Tag in der Mombacher Fleischerei endgültig aus ihrem Leben verbannt hatte.

Zugegeben, Ulis Figur hatte die kulinarische Entwicklung gutgetan. Er war inzwischen rank und schlank und Annegrets Freundinnen beneideten sie um ihren attraktiven Ehemann. Annegret fand sich nicht zu beneiden. Einmal hatte sie sich sogar überreden lassen, in Frank Buchholz' „Bootshaus" mit zu gehen. Uli hatte ihr versichert, die Spezialität dort sei Currywurst, und das klang ganz vernünftig. Weniger vernünftig fand Annegret den Preis für dieses Gericht. Geschmacklich konnte sie auch keinen wirklichen Unterschied zu der Wurst erkennen, die sie manchmal an der Bude auf dem Uni-Parkplatz erstand, wenn sie dort samstags über den Flohmarkt schlenderte. Befremdet sah sie, wie Uli beim Verzehr der Buchholzschen Currywurst so verzückt die Augen verdrehte, wie er es Jahrzehnte zuvor nur bei anderen Aktivitäten getan hatte. Ulis Leidenschaft nahm inzwischen radikale Züge an, jeder Salafist sah im Vergleich zu Ulis Fanatismus blass aus.

Pfarrer Dr. Müller hatte Annegret im Konfirmandenunterricht die 10 Gebote eingebläut und Annegret konnte sie bis heute auswendig aufsagen: „Ich bin der Herr, dein Gott. Du sollst keine anderen Götter haben neben mir." So lautete das erste Gebot. Gegen das erste Gebot, so fand Annegret, verstieß Uli seit drei Jahren mehrmals täglich. Seine Götter hießen inzwischen Eckart Witzigmann, Johann Lafer und – ausgerechnet! – Wolfram Siebeck. Seine Bibel war ein Kochbuch von Paul Bocuse, sein Paradies Baiersbronn, ein kleines Schwarzwalddorf mit sage und schreibe drei Spitzenrestaurants. Hatte Pfarrer Dr. Müller damals nicht erklärt, dass zu biblischen Zeiten auf Gotteslästerung der Tod stand? Annegret entschied, dass die Bibel recht hatte und bleibend aktuell war. Uli musste sterben. Und zwar bald. Dieses Weihnachtsfest wollte sie als Witwe feiern.

Zumal Annegret völlig klar war, dass sie Ulis Leidenschaft langfristig in den finanziellen Ruin treiben würde. Uli hatte von seiner Tante etwas Geld geerbt und Annegret konnte deshalb nichts dagegen sagen, als er sich die sündhaft teure Einbauküche von Grattarola mit der Arbeitsfläche aus Schiefer angeschafft hatte. Es war Ulis Geld und damit konnte er machen, was er wollte.

Leider tat er das auch. Jeder seiner Besuche in einem Sternerestaurant nagte buchstäblich 500 bis 700 von Tantes Erbe ab. Bald würde nichts mehr übrig sein. Dabei wäre dieses Geld dringend nötig, um sich einen sorgenfreien Ruhestand zu sichern. Man wusste ja, wie es um die Rentenentwicklung stand. Annegret sah schon vor ihrem geistigen Auge, wie sie einmal mit Uli und der Einbauküche von Grattarola um ihren Platz in einer 2-Zimmer-Sozialwohnung in Wöllstein konkurrieren musste – wenn ihre Rente denn für Wöllstein reichen würde. Und wohin dann mit ihrer Messersammlung?

Zuerst hatte Annegret überlegt, ob sie Uli mit einer Überdosis Bittermandeln in den Weihnachtsplätzchen zur Strecke bringen könnte. Zumal für Uli die Sache mit dem Plätzchen kein Posten auf dem Einkaufszettel mehr war, so wie früher, sondern inzwischen eine „Philosophie des Lebkuchens", die ihn „ein halbes Lot Nelken, ein halbes Lot Zimt und Hirschhornsalz" abwägen ließ, wie er Annegret mit wichtiger Attitüde verkündete. Annegret wusste nicht einmal, wie viel ein Lot war, aber sie hätte gerne sieben mal sieben Lot Bittermandeln in den Teig gemischt – leider hätte Uli das herausgeschmeckt.

Natürlich wäre es ein Leichtes gewesen, Uli mit einem ihrer Messer über die Klinge springen zu lassen. Aber die Geschichte vom Einbrecher, der, von Uli auf frischer Tat ertappt, sich ein Messer aus der Vitrine holt und den Hausbesitzer köpft, kam selbst ihr etwas unglaubwürdig vor. Außerdem wäre eines ihrer Lieblinge als Beweismaterial beschlagnahmt worden und sie hätte es am Ende nie wieder gesehen. Das konnte sie nicht ertragen.

Die Lösung für ihr Problem servierte ihr Uli dann selbst: mit seiner Bewerbung für das Weihnachtsspecial von „Das perfekte Dinner". Die Aufgabe: ein Menü für den Heiligen Abend. Uli hatte tatsächlich den Zuschlag bekommen und sich entschieden, mit Sushi zu überraschen. Sushi! Bei Annegrets Eltern hatte es am Heiligen Abend immer Heringssalat gegeben, ab und an auch Kartoffelsalat mit Wiener Würstchen. Niemand bei Annegret zu Hause in Mombach

wäre auf die Idee gekommen, am Heiligen Abend ein drei-
gängiges Menü zu servieren: mit Rogen vom Karpfen als
Gruß aus der Küche, confierten Riesengarnelen mit Kum-
quats als Vorspeise, Sushi von verschiedenen Fischsorten als
Hauptgang und Pralinen vom selbst gemachten Lebkuchen
mit Kardamom-Mousse als Nachtisch.

Annegret war zunächst beinahe vor Scham im Boden ver-
sunken bei dem Gedanken daran, dass ein Fernsehteam von
VOX ihr Reihenmittelhaus in Marienborn belagern, vier
abgedrehte Koch-Fetischisten durch das Haus schleichen
und in ihren Schubladen wühlen würden und einer davon
sogar in ihrem Schlafzimmer nächtigen sollte, nach einem
albernen Spiel mit elektrischen Zahnbürsten. Uli hatte zwar
zugesagt, dass ihr Arbeitszimmer tabu bleiben und auch
niemand an den Safe im Keller kommen würde, aber Uli
würde dämliche Bemerkungen über sein Haus, seine Ein-
richtung und sein Menü ernten und ebensolche dämlichen
Kommentare zum Wirken der anderen Hobbyköche ab-
geben und alles würde bundesweit über die Mattscheiben
flimmern. Das war an Peinlichkeit nicht zu überbieten. Annegret nahm befremdet wahr, dass Uli vor Vorfreude kaum
zu bändigen war und kein anderes Thema mehr kannte als
die Tischdekoration für „Das perfekte Weihnachtsdinner".

Ihr Ehemann war wirklich nicht mehr zurechnungsfähig.

Aber dann kam Annegret eine Idee. „Das perfekte Dinner"
und VOX sollten ihre Rettung sein und Millionen Menschen Zeugen ihrer Unschuld. Denn sie würde beim Ableben von Uli nicht anwesend sein und ein komplettes Fernsehteam würde das bestätigen können. Annegret empfand
nur ein kurzes Bedauern darüber, dass mit Uli auch die vier
anderen Feinschmecker über die Klinge springen mussten.

Kollateralschäden gab es schließlich überall auf der Welt und niemand regte sich darüber auf. Außerdem waren deren Partner und Kinder gewiss froh darüber, dass unterm Weihnachtsbaum über etwas anderes als Sautieren, Dämpfen und Karamellisieren gesprochen werden durfte. Im Grunde tat Annegret ein gutes Werk. Und das war ja auch der eigentliche, tiefere Sinn der Weihnacht.

Uli wollte Sushi bei seinem perfekten Weihnachtsmenü, und er sollte Sushi bekommen. Ein ganz besonderes Sushi. Kugelfisch-Sushi. Annegret würde sich persönlich darum kümmern.

Der Kugelfisch ist ein Fisch, der in Japan als Delikatesse gilt: Die Japaner nennen diese Spezialität Fugu. Kugelfisch ist wohlschmeckend und bekömmlich – jedenfalls dann, wenn man nicht seinen Darm, seine Leber, den Rogen oder die Haut verzehrt. Darin befindet sich nämlich ein Nervengift, Tetrodotoxin. Und das ist tödlich, schon in kleinsten Mengen. Erfahrene japanische Fugu-Köche wissen natürlich, welche Teile des Kugelfischs sie verwenden dürfen, schließlich sind sie gesetzlich verpflichtet, für die Zubereitungslizenz zwei Jahre in einem Fugu-Restaurant zu arbeiten und anschließend eine Prüfung abzulegen. Dennoch haftet jedem Fugu die Aura des Gefährlichen an. Deshalb sind Fugu-Essen in Japan so beliebt.

Allerdings: Fugu darf nicht nach Deutschland importiert werden und kein Fugu-Meister würde die Leber verkaufen. Dankbar erinnerte sich Annegret an ihre Messer-Community. Wie schön, wenn man Menschen kannte, die die eigene Leidenschaft teilen. In ihrer konkreten Situation dachte Annegret an Fugu-Meister Osamu Noguchi und an „Oyabun" Tomohiro Arakawa von der Yakuza. Für Normalsterbliche war der Kontakt mit der japanischen ehrenwerten Gesellschaft Yakuza nicht immer gesund. Annegret ging es jedoch nicht um Schutzgeld oder Drogenhandel, sie tauschte Messer mit Tomohiro Arakawa und das lag auf einer ganz anderen Ebene. Zugegeben: Für ihren Ehemann würde dieser Kontakt in der Tat letztlich nicht gesundheitsfördernd sein. Aber an irgendetwas musste schließlich jeder einmal sterben. Außerdem ließ sich Annegret die Angelegenheit etwas kosten. Sie würde zwei besondere Exemplare ihrer Sammlung investieren müssen. Doch Annegret wollte nicht sparen, wenn es um Ulis Abschied ging, ein letzter Liebesdienst, sozusagen. Das Erbe von Ulis Tante und der Verkauf der Grattarola-Küche würden ausreichen, um für Ersatz zu sorgen. Sie war gespannt, auf welchem Wege Tomohiro Arakawa die Fugu-Leber zu ihr transportieren würde. Er war ein origineller Mensch und Annegret freute sich schon auf die Überraschung. Sicher war sie, dass es sich um beste tiefgefrorene Qualität handeln würde. Geschmacklich dürfte das nicht auffallen; Ulis Riesengarnelen kamen schließlich auch aus der Tiefkühltruhe, bevor die armen Tierchen confiert wurden. Überhaupt wurde landläufig die Qualität tiefgefrorener Ware unterschätzt. Annegret war es ein Anliegen, dass Ulis letzte Mahlzeit auf hohem Niveau stattfand. Am Morgen des „perfekten Weihnachtsdinners" würde sie den Kugelfisch aus der Tiefkühltruhe holen und ihn gegen ähnlich aussehende Fischstücke austauschen. Uli würde das nicht auffallen. In letzter Zeit hatten seine Augen sehr nachgelassen und er war noch nicht zum Augenarzt gegangen. Uli war eitel und er fand, Brillen machten alt. Wie schön – alt würde er nicht werden.

Annegret fragte sich, ob dieses „perfekte Dinner" von VOX wohl ausgestrahlt würde, trotz der schrecklichen Ereignisse.

Doch das übliche Niveau des Senders ließ vermuten, dass die Verantwortlichen dieses Dokumentationsmaterial nicht im Archiv verschimmeln lassen würden. Somit konnte Annegret zumindest posthum die letzten Bissen ihres Gatten miterleben. Er selbst würde ja auch bis zuletzt etwas von der Sendung haben. Schließlich waren die Opfer von Kugelfischgift bis zur finalen Atemlähmung bei vollem Bewusstsein, bedauerlicherweise würde Uli dank seiner umfassenden Muskellähmung seine Impressionen nicht mehr mitteilen können. Schade nur, dass Wolfram Siebeck nicht mit Uli am Tisch sitzen würde. Nun, nicht alle Weihnachtswünsche konnte das Christkind erfüllen. Aber Annegret war zuversichtlich: Auch Siebecks letztes Dinner würde kommen. Die Welt wartete darauf, vom Gourmet-Wahn befreit zu werden, um sich endlich wieder den wirklich entscheidenden Themen des Lebens widmen zu können. Fluglärm, Altersarmut, Afghanistan, Bankenkrise, Organspende, AIDS, Handkäs-Mafia … Es gab ein Leben jenseits von Highspeed-Küche und bayerischem Wagyu-Beef und wichtigere Probleme als die Frage, ob man Karpfen im Bambuskörbchen dünsten, mit japanischem Panko panieren oder gefüllt im Bierteig backen sollte. Frohe Weihnachten!

Und seht,
was in dieser hochheiligen Nacht

HEILIGABEND UND DIE FEIERTAGE

AM WEIHNACHTSBAUME DIE LICHTER BRENNEN
Heidrun Immendorf

Du kommst nach Hause, warst lange weg, und es sieht aus wie früher. Der Bus hält vor dem Weihnachtsbaumland an der Koblenzer Straße, letzte Nordmanntannen lehnen an der Umzäunung. Sagt man das noch, Nordmanntanne? Ein Verkäufer in rotem Mantel mit weißem Kragen schenkt Kunden klaren Schnaps in kleine Gläser ein. Wer heute noch keinen Baum hat, kommt zu spät. Du siehst einen Mann in deinem Alter mit zwei Kindern, wie sie ihren Weihnachtsbaum durch die Heckklappe des Wagens schieben und so tun, als mache es ihnen unschaffbare Mühe.

Die Kinder stehn mit hellen Blicken, die Alten schauen himmelwärts.

Wer weggeht, denkt nicht zurück. Du hast dir nicht vorstellen wollen, wie sie hier ohne dich weiterleben, wie neue Häuser entstehen, alte abgerissen werden, Bäume wachsen und Menschen sterben. Du warst weit weg und hattest deine eigene Welt und jetzt siehst du, dass nur du dich verändert hast. In den Vorgärten sind die Sträucher mit Lichterketten umwickelt, Weihnachtsmänner groß wie Kinder klettern an Fassaden hoch, und wenn eine Amsel oder eine Meise ihren Sensor auslöst, rufen sie leiernd *hohoho*. Es liegt kein Schnee, aber so war es meistens. Einmal hatte die Mutter geschrieben, sie freue sich auf weiße Weihnachten, aber dann war es nur ein Orkan geworden, den sie Joachim nannten.

An der Haustür hängt ein Kranz aus dunkelgrüner Tanne mit goldenen Bändern, auf denen etwas geschrieben steht, das du nicht lesen kannst, weil sie im Wind flattern. Das Schild über der Klingel ist das deiner Kindheit. Die Menschen, die hier wohnen, heißen wie du und warten seit Jahren auf dich. Wenn sich die Tür gleich öffnet, wird es wie ein Zeittunnel sein, an dessen Ende ein Weihnachtsbaum mit roten Kugeln und Holzengeln mit Flöte und dicken Backen steht. Die honigfarbenen Bienenwachskerzen werden schief in den Haltern stecken und ihre Dochte bedenklich nah an die Äste darüber reichen. Während du klingelst, lässt du den Rucksack auf den Boden gleiten und liest *willkommen* auf dem Band.

Der Vater sagt *Junge* und nimmt dich in den Arm. Die Mutter hält sich im Hintergrund und hat die Nase in ein Taschentuch gesenkt. Ob sie weint oder lacht, lässt sich nicht sagen, weil Schultern in beiden Fällen gleich zucken.

Zu guten Menschen, die sich lieben, wir treten wieder in dies Haus

Am Weihnachtsbaum brennen elektrische Kerzen. Du fragst nach dem Grund, und sie schauen verwirrt, stammeln etwas von gefährlich und Feuer und du tastest den Raum nach Vertrautem ab. Das Sofa ist neu und der Fernseher nur noch eine Scheibe. Die Schrankwand aus deiner Erinnerung war braun und schwer, mit einer Klappe, die sich nach vorne öffnen ließ und glitzernde Flaschen mit dunklem und hellem Inhalt auf gläsernen Regalen freigab. An ihrer Stelle steht eine weiße Kommode, deren Oberfläche glänzt. Das sei jetzt modern, sagt die Mutter und stellt sich davor, als wolle sie deinen Blick ablenken von diesem Beweis ihrer eigenen Entwicklung, die ohne dich stattgefunden hat. Aber in ihren Augen steckt noch eine andere Angst fest, wie ein plötzliches Erkennen, etwas vergessen zu haben, das nicht hier sein sollte. Du hast es längst gesehen. Die Fotos in dunklen Rahmen mit Kindergesichtern, irgendwo taucht auch dein Kopf zwischen ihrem Lachen auf, Tim mit nur einem Schneidezahn, kurz vor der Einschulung. Der Zahn liegt in einem Kästchen, ganz unten im Rucksack. Meike hält ihr weißes Schäfchen in die Kamera. Sie konnte nicht ohne einschlafen.

Sind sie gegangen wie gekommen

Ihr sitzt zusammen in der Küche und schält Maronen für die Füllung der Gans. Der Vater schneidet Äpfel klein und mischt sie mit Rosinen. *Haben wir Majoran?* fragt er in die Stille. Vor dem Fenster scheint die Sonne und das Zwitschern der Vögel ist durch die Scheibe zu hören. *Wie im Frühling*, sagt die Mutter. *Gar nicht wie Weihnachten.*

Du stichst mit der Messerspitze in die flache Seite der Maronen und knackst ihre Schale auf. Dir tun die Finger weh von der Bewegung und du schneidest dir in die Handfläche. Die Mutter sagt, es gebe geschälte Maronen zu kaufen, vakuumverpackt, aber das sei nicht das gleiche.

Im Wohnzimmer singt ein Kinderchor Weihnachtslieder, und du erinnerst dich, dass du Heitschi Bumbeitschi nie verstanden hast. Tim und Meike kannten die alten Lieder nicht. Gott kam bei ihnen nicht vor, kein Chor der Engel erwachte und Maria war der Name ihrer Mutter und die ging nicht durch einen Dornwald. Sie backten Plätzchen und hörten Ralf Zuckowski. Morgen kam der Weihnachtsmann und es gab Bescherung ohne Gottesdienst davor. Den Eltern wirst du verschweigen, dass du die frohe Botschaft empfangen hast und viel nachdenkst über das, was Liebe ist.

Maria wohnt jetzt in der Immenhofsiedlung, sagt die Mutter mit gesenktem Blick. Sie zupft letzte Federn von der Gans und legt sie in kaltes Wasser.

Mit ihm?

Sie hebt die Schultern, als wisse sie es nicht, aber du

spürst, dass es so ist. Du hast gedacht, du könntest zurück-kommen und ohne Zorn über ein neues Leben nachdenken, und dann sticht dir sein Name ins Herz, als hättest du nichts über das Verzeihen gelernt. Es ist die alte Sackgasse, an deren Ende diese ohnmächtige Wut steht, die nirgends hin kann. Immer bist du in sie hineingerannt, hast den Rückweg nicht mehr gesehen und zugeschlagen. Den Tagen, die danach kamen, hast du Namen gegeben. Jägermeister oder Bommerlunder, später, als mehr Geld da war, auch Jim Beam und Glenfiddich. Der glühende Zorn in dir war kalt geworden, aber jetzt weißt du, dass nur ein Funke reicht, um wieder in Flammen zu stehen.

Wie glänzt er festlich, lieb und mild

Das Zimmer im ersten Stock, in dem du schlafen sollst, riecht nach Meister Proper Fichtennadel. Die Flasche steht noch auf dem Teppichboden. Alles ist sauber und freund-lich, Bettdecke und Kopfkissen sind stramm und glatt gezo-gen wie im Hotel. Im Schrank hängen Bügel ohne Kleider und zittern metallisch, als du den Rucksack hineinstellst. Es ist ein Zimmer, das nicht weiß, wen es erwartet hatte.

Ruh dich aus, hatte die Mutter gesagt, *wir rufen dich dann.* Du siehst aus dem Fenster über die roten Dächer, unter de-nen Tannenbäume geschmückt werden und Kinder nervös aufs Christkind warten. Bis zur Immenhofsiedlung sind es nur ein paar hundert Meter, einmal über die Marienborner. Als Junge hast du die Leute dort beneidet, weil ihre Häuser so viel größer und moderner waren, auch wenn der Vater gemeint hatte, das seien gar keine richtigen Häuser, die seien nur aus Pappe. Die Bettdecke knistert, als du dich hinlegst. Neben der Tür hängt ein Poster in einem dünnen weißen Rahmen, das nicht in diesen Raum, dieses Haus, nicht zu deinen Eltern passt. Es zeigt, was sie wohl moderne Kunst nennen würden, graue Puppenglieder, die wie Steine aussehen und seltsam verdreht an Schnüren hängen. Kunsthalle Mainz 2012 steht darunter. Du wirst sie später danach fragen.

Wollt ihr in mir erkennen, getreuer Hoffnung stilles Bild

Unter dem Weihnachtsbaum liegen Päckchen in rotem Papier mit silbernen Schleifen. In dem kleinsten ist ein Handy, das dir der Vater umständlich erklärt. Du hast jetzt eine eigene Nummer und bist jederzeit erreichbar. Die Mutter blättert in einem Notizbuch, das du für sie gemacht hast. Es hat einen grünen, festen Deckel und die Seiten sind hellgelb. *Hübsch*, sagt sie. Wie lange muss man ein Geschenk in der Hand behalten, um es angemessen gewürdigt zu haben, obwohl man es am liebsten sofort weglegen würde? Das Notizbuch für den Vater ist außen schwarz mit grauen Seiten. *Das schönste bisher*, sagt er anerkennend und es klingt ehrlich. Das rote Lesebändchen gefällt ihm besonders. *Dann weiß ich immer, wo ich bin*, sagt er noch, aber du weißt, dass er nie etwas hineinschreiben wird, nie etwas hineingeschrieben hat, wenn wie jedes Jahr zu Weihnachten ein ähnliches Notizbuch in anderen Farben eingetroffen war. Sie haben dich nie besucht, außer am Anfang, später konnten sie es nicht mehr. Acht Jahre sind eine lange Zeit.

Die Gans ist knusprig, aber etwas zäh. Wie wenig darf man vom Festtagsbraten essen, um nicht unhöflich zu sein? Ihr reicht euch Kartoffeln und Maronengemüse, stoßt mit Traubensaft an und konzentriert euch auf die Teller. *Mariaweiß*, denkst du und fährst mit dem Finger über den Rand aus erhabenen Rosen. Irgendwann wirst du dieses Geschirr erben und nichts damit anzufangen wissen. Der Vater fragt, wie es jetzt weitergehen soll und ob sie in Diez irgendwelche Vorschläge gemacht hätten wegen der Resozialisierung. Das Wort hängt fremd und sperrig über dem Tisch. Er solle nicht so reden, mahnt die Mutter, aber du weißt, dass auch sie an nichts anderes denkt. *Du bleibst erst mal hier*, sagt sie bestimmt, *und dann sehen wir weiter.* Sie mache jetzt regelmäßig Exkursionen mit der Volkshochschule. Ausstellungen, Lesungen, manchmal Theater, das könnte auch dich interessieren. Die Fotos von Maike und Tim stehen nicht mehr auf der weißen Kommode. Du fragst danach und die Mutter sagt, man müsse die Vergangenheit ruhen lassen.

Zwei Engel sind hereingetreten, kein Auge hat sie kommen sehen

Du nimmst das Handy und Zigaretten und gehst raus auf die Terrasse. Die Nummer der Auskunft ist immer noch die gleiche. Maria wohnt im Ameisenweg und heißt jetzt wie der Andere. Seinetwegen warst du acht Jahre im Gefängnis, weil dir keiner geglaubt hat. Maike und Tim sind tot, und das ist auch deine Schuld. Acht Jahre sind dafür noch zu wenig. Den Brandgeruch wirst du ein Leben lang nicht loswerden.

Die Mutter klopft von innen an die Scheibe und sagt *Nachtisch*. Es gibt Vanilleeis mit Rumtopf ohne Alkohol. Sie sind so rücksichtsvoll und darauf bedacht, keine Fehler zu machen. Auch sie haben an dir gezweifelt und du hast das verstanden. Sie haben Marias blaue Flecke gesehen und nach Erklärungen gesucht. Sie haben dich angefleht, mit dem Trinken aufzuhören und die Kinder wortlos abgeholt, wann immer die Nachbarn anriefen, es sei wieder so weit. Sie haben dir nach der Beerdigung von Tim und Maike in die Augen schauen können, als du mit verbranntem Gesicht und Körper im Krankenhaus lagst. Sie haben sich um Maria gekümmert und trotzdem zu dir gehalten, aber geglaubt haben sie dir nicht. Der Vater, der die eigenen Kinder umbringt, um die Mutter zu treffen, das passte alles viel zu gut zusammen. Alles passte zusammen. Der Alkohol, die Benzinkanister im Kofferraum, der Gerichtsbeschluss, die Kinder nur noch unter Aufsicht des Jugendamtes sehen zu dürfen. Da seist du offensichtlich durchgedreht, hättest die Kinder nachts aus ihrem Zimmer entführt, ihnen Schlafmittel gegeben und sie und dich auf einem Parkplatz Richtung Frankreich angezündet.

Am Weihnachtsbaume die Lichter brennen

Wenn die Vergangenheit nicht unheilbar wäre, könntet ihr euch jetzt an früher erinnern, wie ihr Weihnachten mit Maria und den Kindern gefeiert habt und die Schlacht mit Bällen aus Geschenkpapier jedes Mal fast schöner gewesen war als Schaukelpferd, Bobbycar und Ritterburg zusammen. Über die Zukunft zu reden ist zu früh und eine gemeinsame Gegenwart habt ihr nicht. Der Tisch ist abgedeckt, die Spülmaschine läuft, und die Eltern kämpfen mit der Müdigkeit, während du ausgeruht vom Mittagsschlaf und acht Jahren Leerlauf eine brennende Erregtheit in dir spürst. Die Flucht damals hattest du kaum planen können. Erst mal über die Grenze nach Frankreich, dann weiter bis Spanien, von dort würde sich eine Möglichkeit finden, irgendwie nach Südamerika zu kommen. Andere machten das auch und wurden nie wieder gesehen. Mit dem Benzin in den Kanistern würdet ihr weit genug kommen, um nicht irgendwo tanken zu müssen und ins Visier von Überwachungskameras zu geraten. Du hattest dich für besonders schlau gehalten und nur noch deine Flucht im Kopf gehabt. Sonst wäre dir der

Andere aufgefallen. Sonst hättest du seine Nähe gespürt, wie er dich beobachtet, dich die Kanister füllen und die Kinder ins Auto tragen sieht. Maria hatte die Schlösser eures Hauses auswechseln lassen, als hättest du nicht gewusst, wie du in das Haus reinkommst, das du selbst gebaut hast. Die Kinder hatten auf der Rückbank gesessen und sich ganz still verhalten, aber hinter Alzey hatte Maike angefangen zu weinen und nach Hause gewollt. Das Schlafmittel im Orangensaft ließ beide schnell wieder zur Ruhe kommen, und du hast Cognac getrunken, damit das Zittern nachließ. Kurz vor Kandel fielen dir die Augen zu. Ohne den Cognac würden Meike und Tim noch leben, aber du hattest ja unbedingt saufen müssen, du gewissenloses, jämmerliches Arschloch. Der Parkplatz war dunkel und einsam, nur ein kurzes Nickerchen, dann würdet ihr weiterfahren. Du hast den Schlag an die Schläfe noch gespürt, aber dann warst du wieder weg. Der andere hat Benzin über euch geschüttet, deinen Gurt gelöst und euch angezündet. Als du wach wirst, steht dein Hemd in Flammen, du reißt die Wagentür auf und stürzt mit dem Kopf zu Boden. Du kannst deine Kinder nicht retten. Du willst sterben, aber die Ärzte schaffen das Wunder. Die Eltern weinen deine Tränen, denn deine verbrannten Augen haben keine mehr.

Gesegnet seid ihr alten Leute, gesegnet sei die kleine Schar

Es konnte nur so gewesen sein. Der Schatten, der dir folgte, wollte wissen, was du vorhast. Vielleicht hätte er dich sogar fliehen lassen. Er hatte immer nur Maria gewollt, die Kinder waren ihm egal. Wie oft haben sie dir erzählt, dass sie in ihrem Zimmer bleiben mussten, wenn er da war. Und deiner Mutter hat Maria gesagt, dass sie sich von ihm trennen wollte. Der dunkle Parkplatz, die schlafenden Kinder, der vom Alkohol bewusstlose Vater, das Wissen um die Fracht im Kofferraum. Alle Probleme lösten sich in einer Tat. Ein Vater, der die eigenen Kinder umbringt, zerschneidet endgültig die letzte Faser noch übriggebliebener Zuneigung. Eine Mutter, die um ihre Kinder gebracht wird, braucht einen Retter, der ihre Schmerzen teilt.

Du hast ihm im Gericht in die Augen gesehen. Sein Arm legte sich um Marias Schultern, während er deinem Blick standhielt. Maria hatte das Gesicht hinter ihren Händen verborgen. Als dein Anwalt in deinem Namen den Verdacht auf den Anderen lenkt, schreit sie *wie kannst du nur*. Ja, wie konntest du nur? Du wehrst dich noch eine Weile, hörst, welche Beweise sie gegen dich haben, am erdrückendsten die Mail, die du Maria einen Tag vor der Flucht geschrieben hast. *Lieber sterben, als dir die Kinder zu überlassen.* Danach gibst du auf. Du hast deine Kinder nicht getötet, aber du hast alles zerstört. Dir bleiben acht Jahre, sie um Verzeihung zu bitten.

Kein Ohr hat ihren Spruch vernommen, unsichtbar jedes Menschen Blick

Die Eltern sind eingeschlafen. Der Kopf des Vaters ist nach hinten gekippt, die Mutter atmet mit offenem Mund. Du ziehst dir die Jacke über und schließt leise die Tür. Aus den Fenstern der Häuser scheinen Lichter, aber die Straßen sind menschenleer. Die letzten Flieger vor dem Nachtflugverbot beeilen sich nach Frankfurt zu kommen. Im Ameisenweg geht ein Pärchen an dir vorbei, das frohe Weihnachten wünscht, und dein Herz schlägt bis zu den Ohren. Um Marias Haus zieht sich eine hohe Hecke. Ein schmaler Kiesweg führt zum Garten und zu einer Terrasse mit einem Vogelhäuschen darauf. Durch die Scheibe des Wohnzimmers siehst du eine Frau mit kurzen braunen Haaren, die ihren Nacken frei lassen. Ihr Kopf ist leicht nach vorne gebeugt, als lese sie oder betrachte ihren Schoß. Die Stelle zwischen Atlas und dem Rand ihres T-Shirts ist wie die samtige Pfote eines Hasen. Du hast sie geküsst, wenn du dich sicher fühltest und geschlagen, wenn dich die Eifersucht vergiftete. Du möchtest mit dem Daumen daran entlangfahren und die Zartheit der Haut spüren. Deine Hände zittern, als du dir eine Zigarette anzündest und hoffst, dass du hier stehen bleiben kannst, bis es im Haus dunkel wird. Marias Kopf bewegt sich, und dann heben ihre Arme ein Wesen hoch, das sie sich vorsichtig über die linke Schulter legt. Du siehst ein Köpfchen, nicht größer als eine prächtige Apfelsine. Die Augen sind geschlossen und ein Mundwinkel zeigt leicht nach oben. Deine Hand in der Hosentasche spielt mit dem Feuerzeug, dreht das Rädchen und drückt die Gastaste schnippend herunter. Das Kind gähnt und ein Schwall weißer Flüssigkeit blubbert aus seinem Mund. Maria legt es sich in die Armbeuge und wischt ihm über die Wangen. Lachend steht sie auf und dreht sich zum Fenster. Durch die Scheibe seht ihr euch an. Du bist nicht mehr der Mann aus ihrer Erinnerung. Dein Gesicht ist immer noch eine offene Wunde und dein Haar nie mehr nachgewachsen. Sie wird dich für einen Geist halten, einen Einbrecher, schlimmstenfalls für einen Brandstifter. Aber sie hat dich gar nicht gesehen.

Und wenden wieder sich und gehn

EINFACHER SALCHOW
Sarah Geraldine Nisi

Der frostige Untergrund ließ ihn zittern. Das Gras am Ufer war von feinem Schnee überzogen – die Landschaft rund um den See Aubrücke südlich von Gimbsheim eine Welt aus Grautönen. Kälte schlug durch den Baumwollstoff seiner Hose, kroch langsam den Rücken hinauf – er spürte den Winter in jedem einzelnen Knochen. Sein Arzt würde die Hände über dem Kopf zusammenschlagen, könnte er ihn sehen: im Schnee sitzend, mit roten Fingern an den Schnürsenkeln seiner Schlittschuhe nestelnd. Er hatte es kaum erwarten können, dass die Gewässer zufroren. In seiner Kindheit war jeder Winter eisig und voller Frost gewesen. In den letzten Jahrzehnten waren die Temperaturen leider immer milder geworden, fielen nicht lange genug unter den Gefrierpunkt, um das Wasser in eine ausreichend dicke Eisschicht zu verwandeln. In diesem Jahr aber trug das Eis – endlich war es wieder einmal so weit.

Mit einem Ächzen beugte er sich nach vorne und zog die Knie an. Er musste die Schnürsenkel strammer ziehen. Die Schuhe waren alt und das schwarze Leder hatte sich in den Jahren perfekt an seine Füße angepasst. Die Nähte, einst sorgfältig verarbeitet, hatten sich zwar an den Außenkanten etwas gelöst. Doch wenn die Schuhe ordentlich geschnürt wurden, gab das Leder seinen Knöcheln noch immer genügend Stabilität. Und die Kufen, ja, die Kufen waren einmalig. Den Hohlschliff des Stahls präzise ausgearbeitet und scharf, waren sie mit der Verarbeitung der heute produzierten Schlittschuhe nicht zu vergleichen. Sein Cousin, eigentlich ein Hufschmied, hatte die Kufen damals für ihn angefertigt; an den Spitzen sogar die Initialen der Familie eingraviert.

Er richtete sich auf. Nebel lag über der Rheinaue; kahle Bäume säumten die Böschung des Sees. Keine Menschenseele war zu sehen – er hatte es zu dieser Uhrzeit nicht anders erwartet. Die meisten Leute waren mit den letzten Vorbereitungen für den Heiligabend beschäftigt. Mussten sich ausruhen vom Trubel der Wormser oder Mainzer Innenstadt. Dem Einkaufen und Verpacken von Geschenken. Den Weihnachtsmärkten der Region und deren Besonderheiten. Er musste an das traditionelle Turmblasen in Worms denken. An die Lichter rund um den Mainzer Dom, die historischen Fassaden der Markthäuser. Niemand aber fuhr an einem 24. Dezember freiwillig in der Morgendämmerung zu einem See. Nein. Er hatte das Eis für sich alleine. Ohne Spuren. Unberührt. Voller Stille. So sollte es sein.

Ungelenk stakste er die restlichen Schritte am Ufer entlang, ignorierte das „Betreten der Eisfläche verboten"-Schild. Er spürte ein Kribbeln in seinem Bauch und in der Sekunde, in der er den ersten Fuß auf das Eis setzte, strömte Wärme durch seine Adern. Er konnte die Energie und Leichtigkeit in jeder einzelnen Zelle spüren.

Mit vor der Brust verschränkten Armen glitt er in ausladenden Schritten über den See. Das einzige Geräusch war das Zischen seiner Kufen auf dem Eis – laut, wenn er in den Kurven das Gewicht auf die Außenkante seines Fußes verlagerte, leise, wenn er geradeaus fuhr.

In der Mitte des Sees angekommen, schlug er einen Bogen und lief zurück Richtung Ufer, nur um kurz darauf abzubremsen und wieder hinauszueilen. Er wusste, er sollte es langsam angehen lassen. Ein Sturz könnte alles ruinieren. Doch die Verlockung war zu groß. Auf dem rechten Bein stehend fuhr er einen Kreis, eine Aufgabe, die er mit zwölf Jahren zum ersten Mal praktiziert hatte. Das Aufnahmeritual, um Mitglied im Schlittschuhklub werden zu können. Nun, fast sechzig Jahre später, gelang ihm die Figur noch immer – er erlaubte sich keine Unsicherheit.

Voller Faszination blieb er einen Moment stehen, blickte auf die Spuren die er gezogen hatte, ähnlich einem Spinnennetz. Mit einem Lächeln auf den Lippen drehte er sich um und steuerte in Richtung der gegenüberliegenden Uferseite.

Er fühlte sich so lebendig wie schon lange nicht mehr.

Eine Krähe hackt der anderen kein Auge aus. Interessiert verfolgte sie die Zerstörung dieses Mythos. Keine zwei Meter von ihren Füßen entfernt, am Rande der Böschung, zerrte eine Nebelkrähe mit unbeirrbarer Hartnäckigkeit Federn, Fleisch und eine undefinierbare Masse aus dem Kadaver einer Artgenossin. Ihre Anwesenheit irritierte den Vogel nur kurz. Aufmerksam reckte die Krähe den Schnabel in die Höhe, spreizte einen Flügel zur Seite. Die Augen des Vogels glänzten, schauten in ihre Richtung. Abschätzend.

Ihre graue Kleidung schien jedoch ausreichend Vertrauen auszustrahlen. Nach kurzer Bedenkzeit setzte der Vogel sein Festmahl unter dem Flügel der toten Kumpanin fort. Zielstrebig. Ohne Gnade. Krähen gelten als die intelligentesten Vögel im Tierreich, gehen soziale Bündnisse ein. Spätestens beim Tod hörte die Freundschaft offenbar auf. Ein Lächeln huschte über ihr Gesicht. Die Natur war auf ihrer Seite.

Sie ging in die Hocke und begann nach dem Fernglas in ihrer Tasche zu tasten. Die feinen Äste des Wacholderstrauchs, hinter dem sie Deckung gefunden hatte, gaben ihr etwas Sichtschutz. Näher an den See heran traute sie sich nicht – sie wollte in der Undurchdringlichkeit des Nebels bleiben.

Mit zusammengekniffenen Augen starrte sie durch das

Fernglas hinaus auf das Eis. Konnte sie einige Minuten lang zunächst nur Schemen ausmachen, fuhr er plötzlich so dicht an ihr vorbei, dass eine Gänsehaut ihren Nacken hinunterlief. Hastig duckte sie den Kopf und brach dabei mit einem Knacken den Ast ab, an dem sich ihre linke Hand festgehalten hatte. Verschreckt stob die Krähe mit einem lauten Schrei in die Luft.

Weniger als zehn Meter von ihr entfernt glitt er über das Eis. Elegant. Komplett in schwarz gekleidet. Ahnungslos.

Seine Schritte auf dem Eis waren voller Kraft und sogar auf einem Bein stehend verströmte er Souveränität. Er wirkte Jahre jünger. Geradezu agil.

Nun war sie sicher: Sie hatte die richtige Entscheidung getroffen.

Der Fahrtwind brannte in seinem Gesicht. Er hatte so viel Tempo aufgenommen, dass die eisige Luft seine Gesichtszüge geradezu erstarren ließ. Seine Kondition war besser als gedacht und seine Muskeln und Gelenke schienen sich – je länger er auf dem Eis war – immer mehr in die Bewegungsabläufe hinzufinden. Es war beinahe wie früher, als er vor Publikum gelaufen war. Dennoch war er froh, alleine auf dem Eis zu sein. Keine Zuschauer zu haben. Sein Anblick war vermutlich alles andere als respektabel. Das linke Auge tränte und auch seine Nase begann zu laufen. Er spürte einen Tropfen, der sich an seiner Nasenspitze gebildet hatte. Ohne die Geschwindigkeit zu drosseln, begann er in den Taschen seiner Jacke zu nesteln, zog ein Stofftuch hervor. Er schnäuzte sich die Nase und atmete tief ein. Kalter Sauerstoff strömte in seine Lungen.

Schneller als beabsichtigt hatte er das mit Bäumen und Sträuchern bewachsene Seeufer erreicht. Den Blick zu Boden gerichtet, versuchte er eine Schrittfolge mit Übersetzen. Ein klassisches Verbindungselement zwischen Sprüngen und Pirouetten. Ohne Schwierigkeiten gelangen ihm einige Meter. Es funktionierte. Zufrieden bremste er ab. Hier musste er aufpassen. Er kannte die Partien, die es zu vermeiden galt, hatte in den vergangenen Tagen die Eisfläche immer wieder sorgfältig inspiziert. Dunkle Areale durchzogen das ansonsten trüb-weiße Eis. Ein sicheres Zeichen für die schlechte Eisqualität. Im Gegensatz zum Rest des Sees. Vermutlich durch eine Strömung unterhalb der Oberfläche verursacht.

Rasch steuerte er in einer lang gezogenen Kurve zurück zur Mitte.

Hinter ihm krächzte eine Krähe auf. Sie war es vermutlich nicht gewohnt, die morgendliche Einsamkeit mit einem Menschen zu teilen. Hatte sie sich von *ihm* gestört gefühlt?

Er schaute zurück zum Ufer. Der Nebel direkt über dem See hatte sich gelichtet, noch immer aber war die Böschung kaum zu erkennen. Das Kribbeln in seinem Magen verwandelte sich zu einem Ziehen. Wurde er beobachtet? Er starrte auf eine graue Wolkenbank.

Nichts.

Konzentriert verfolgte sie seine Runden über den See. Scheinbar ziellos war er zunächst in ihre Richtung, dann wieder hinaus auf den See gelaufen. Mal die Augen zu Boden gerichtet, mal konzentriert nach vorne schauend. Er war ein guter Eiskunstläufer. War es immer gewesen – hatte Preise gewonnen.

Das Alter hatte ihm tatsächlich weniger zugesetzt, als sie gehofft hatte. Jede seiner Bewegungen war flüssig; nur einmal glaubte sie ein Zittern in seinem rechten Bein zu erkennen. Das konnte allerdings genauso gut der Tatsache geschuldet sein, dass die Eisfläche nicht komplett eben oder seine Schuhe nicht ideal waren. Ihr Blick fiel auf seine Kufen. Sie waren lang, ragten an der Ferse einige Zentimeter über den Schuh hinaus. Altmodisch. Es war beinahe rührend, wie er an den Dingen seiner Jugend hing.

Nun, viel Zeit blieb ihm dafür nicht mehr.

Ein schlechtes Gewissen hatte sie nicht. Der Tod war unausweichlich. Früher oder – wenn man Glück hatte – später ereilte er jeden Menschen. Niemand blieb verschont.

Krankheit, Siechtum oder ein Unfall – wer konnte schon sagen, was sie ihm ersparte. Gerade in seinem Alter. Dem Lauf der Zeit vorzugreifen, war in ihren Augen nicht verwerflich. Sicher, vermutlich hätte er noch einige Jahre gehabt. Doch dieses Risiko war er selbst eingegangen.

Er fragte sich, wie oft der See Aubrücke in den letzten Jahren zum Schlittschuhlaufen genutzt worden war. Erst in den Siebzigern als Baggersee entstanden, war er vermutlich nur selten komplett zugefroren gewesen. Dazu die ewige Angst der Behörden, die Seen freizugeben. Perfekt war das Eis nie. Unebenheiten oder Risse konnten einen stolpern oder im schlimmsten Fall einbrechen lassen. Die Wahrscheinlichkeit eines Unfalls war jedoch gering – wenn man mit den Eigenschaften des Eises ausreichend vertraut war und sich auf seinen Instinkt verließ.

Es waren wohl überwiegend Angler, die sich normalerweise hier vergnügten. „Ein Angelklub pachtet den See seit einiger Zeit." Seine Nichte hatte beinahe entrüstet geklungen, als er ihr von seinen morgendlichen Plänen berichtet hatte.

Ein Lachen war seine Reaktion gewesen. Als würde ihn diese Tatsache daran hindern, seine Runden auf dem Eis zu laufen.

Er vollzog einen weiteren Schrittwechsel. Dieses Mal von vorwärts auf rückwärts. Er war langsamer als früher – hatte aber weniger Angst. Beides schrieb er seinem Alter zu. Eine komplette Runde blieb er rückwärts, dann wechselte er mit einem unsauberen Schlenker, den weder sein Trainer noch er selbst früher hätte durchgehen lassen, wieder auf vorwärts.

Er steigerte für einen kurzen Zeitraum das Tempo. Jede einzelne Faser in seinen Muskeln musste gründlich aufgewärmt werden. Erst dann konnte er den letzen Teil wagen. Diese Minuten musste er sich nehmen – auch, wenn die Spannung ihn sich kaum mehr gedulden ließ.

Erneut zog es seinen Blick zu der bewachsenen Seite des Ufers. Aus dieser Perspektive war die Sicht klarer. Erkennen konnte er dennoch nichts. Er bremste in einem Bogen ab, schloss die Augen und ließ sich über das Eis gleiten.

Das Gefühl, beobachtet zu werden, blieb.

Ihre Finger umkrallten die Gummierung des Fernglases, waren beinahe angefroren. Die Handschuhe hatten der Kälte nichts mehr entgegenzusetzen. Dennoch konnte sie das Fernglas nicht zur Seite legen, wollte ihren Händen die Wärme der Jackentasche nicht gönnen. Nein. Sie musste ihn im Blick behalten. Musste sichergehen, dass er unversehrt das Eis verließ. Niemand durfte ihre Fürsorge infrage stellen. Sein Tod musste überraschend kommen. Natürlich erscheinen. Ohne einen Zweifel an ihr zu wecken. Komplikationen galt es zu vermeiden.

Sie hatte alles vorbereitet. Dieser Heiligabend würde ein ganz besonderer werden. Ihr Erbe zum Greifen nah – endlich.

Voller Hingabe hatte sie den Tannenbaum geschmückt.

Eine Nordmanntanne, mit echten Kerzen – zur Feier des Tages. Und Glühwein – selbst gemacht. Ein paar Gewürze mehr. Nelken. Zimt. Anis. Und die Chemie, die sein Herz brauchte. Überdosiert. Mit fatalen Auswirkungen: Herz-Kreislauf-Versagen.

Sein Geiz hatte verhindert, dass sie je in den Genuss seines Geldes gekommen war. Er hatte es gehortet – über die Jahr-zehnte vermehrt. Sie war seine einzige Verwandte. Dennoch hatte er nie mit ihr geteilt.

Das würde nun ein Ende haben. Nach dem Weihnachts-gottesdienst würde es so weit sein. Klassische Musik. Ein Feuer im Kamin. Sie würde den Glühwein erhitzen und mit ihm anstoßen.

Sie stellte sich die letzten Sekunden seines Lebens vor. Die Schweißperlen auf seiner Stirn. Seine Hand, die versucht, den Kragen zu weiten. Den Becher, der ihm aus der Hand fällt. Tot.

Nur noch ein paar Stunden.

Angespannt verfolgte sie seine Runden auf dem See. Seine finale Kür.

Es war so weit. Adrenalin schoss in sein Blut. Der Salchow, der Elementarsprung im Eiskunstlauf war früher eine seiner leichtesten Übungen gewesen. Er hatte ihn sogar doppelt gestanden. Heute würde selbst die einfache Ausführung eine Herausforderung werden; das Eis auf dem See war nicht vergleichbar mit einer Eisbahn oder einer Halle. Das Ge-heimnis war die Körperspannung und davon besaß er noch immer genug.

Ausschlaggebend für das Gelingen seines Vorhabens war nur, die perfekte Stelle zu finden.

Er nahm Anlauf, nutzte beinahe die gesamte Weite des

Sees. Er dachte an früher, die Zuschauer denen der Atem stockte – ahnend, was kommen würde.

Schrittwechsel auf rückwärts. Jetzt den Druck des linken Fußes auf die Einwärtskante der Kufe verlagern. Und hoch!

Er schraubte sich in die Luft. Rotierte um die eigene Achse. 360 Grad. Die Arme eng am Körper. Und landete auf dem rechten Fuß. Perfekt.

Einen kurzen Moment brauchte er, um sich zu orientieren. Er konnte kaum glauben, wie einfach der Sprung gewesen war. Am liebsten hätte er laut gejubelt. Zufrieden blickte er auf den Boden unter seinen Füßen. Dann begutachtete er die Beschaffenheit des Eises in einem Radius von mehreren Metern. Die Stelle war gut – das Eis, wie es geeigneter nicht sein konnte. Dennoch würde er beim nächsten Mal früher abspringen. Weiter links landen. Das wäre ideal.

Er atmete tief ein, drückte seine Schultern nach hinten. Nahm erneut Anlauf.

Schrittfolge. Hochschrauben. Und Rotation. Dieses Mal zog er das Bein zu spät nach. Er geriet in Schräglage. Verlor das Gleichgewicht. Eine Kufe berührte das Eis. Er verkantete den Fuß.

Und stürzte.

Entsetzt schaute sie auf den See. Das durfte nicht wahr sein. So perfekt er den ersten Sprung absolviert hatte, so schlecht war er beim zweiten abgesprungen.

Sie überlegte. Sollte sie ihn liegen lassen? Darauf hoffen, dass die Kälte ihren Dienst tat? Doch die Wahrscheinlichkeit, dass jemand ihn rechtzeitig fand, war groß. Es war mittlerweile fast neun Uhr, irgendein Jogger oder Hundebesitzer würde sich bald an den See verirren.

Man würde sie verantwortlich machen. Ihr vorwerfen, ihn

alleine in der Früh auf das Eis gehen gelassen zu haben. Sie konnte die Vorwürfe bereits hören. Natürlich, ihn über die Weihnachtstage einzuladen war eine nette Geste gewesen – aber sie hätte dabei nicht ihre Verantwortung vergessen dürfen.

Nein, sie durfte nicht den leisesten Zweifel an ihrer Integrität aufkommen lassen. Dafür stand zu viel auf dem Spiel.

Kurz entschlossen rannte sie los. Erst einige Meter am Ufer entlang, über den gefrorenen Boden, dann auf das Eis. Sie verfluchte ihre Turnschuhe, deren glatte Sohle sie beinahe ebenfalls stürzen ließen. Sie schaute zu ihm. Er regte sich nicht. Noch war sie zu weit entfernt, um einschätzen zu können, wie schlimm es um ihn stand. Sie schlitterte weiter. Meter für Meter.

Ein lautes Knacken unter ihren Füßen ließ sie stutzen. Es dauerte einen Moment, bis sie begriff, dass sich weiße Risse im Eis bildeten. Erst nur fein, wurden diese in Sekundenschnelle breiter. Dunkle Stellen hatten das Eis verfärbt. Bläulich – beinahe schwarz. Wasser?

Sie schluckte. Doch ehe sie einen Gedanken fassen konnte, brach die Eisfläche unter ihrem Gewicht zusammen.

Ihr Körper tauchte in das eisige Nass. Sofort sog sich ihre Kleidung mit Wasser voll. Ihre Haut brannte, die Zähne schlugen aufeinander. „Hilfe." Nur ein Flüstern kam über ihre Lippen. Die Kälte lähmte ihre Muskeln. Verzweifelt versuchte sie, sich auf das Eis zu ziehen, wollte mit einem Zug auf die Eisschicht schwimmen. Aber der Eisrand brach. Ihre Hände griffen ins Nichts. Ein erneuter Versuch. Erfolglos.

Sie schnappte nach Luft. Ihre Kleidung wurde schwerer, zog sie in die Tiefe. Sie wollte schreien. Es kam kein Laut. Ihr Brustkorb hatte sich verkrampft. Mit dem Ellbogen begann sie, das Eis in Richtung Ufer zu brechen. Wollte sich einen Weg bahnen. Aber ihre Kraft schwand. Um sie herum lose treibende Eisschollen. Ein Schlachtfeld. Verzweifelt versuchte sie, den Arm zu heben. Dann drehte sie sich zu ihm.

Was war das? Er hatte sich aufgerichtet. War er in der Verfassung, ihr zu helfen? Nein. Er bewegte sich nicht. Blieb einfach sitzen.

Kurz darauf gehorchte ihr Körper ihr nicht mehr.

Das Letzte was sie sah, war ein Lächeln auf seinen Lippen.

Sein Fuß schmerzte und die Sehne oberhalb des Knöchels war in Mitleidenschaft gezogen worden. Von diesen Kleinigkeiten abgesehen, hatte sein Plan funktioniert. Ein kontrollierter Sturz richtete selten Schaden an. Und das Eis hatte in jeder Hinsicht gehalten, was es versprochen hatte.

In der Sekunde, in der seine Nichte die Einladung für das Weihnachtsfest ausgesprochen hatte, hatte er gewusst, dass er sterben würde. Ihre Stimme war klar gewesen. Mit etwas zu viel Nachdruck. Geradezu beschwingt – was vollkommen untypisch für sie war. Noch nie hatte Marlene ihn über die Feiertage eingeladen. Im Gegenteil – sie war stets darauf bedacht gewesen, ihn möglichst weit von Gimbsheim entfernt zu wissen. Ganz Rheinhessen war ihr zu nah gewesen. Voller Enthusiasmus hatte sie ihn vor einigen Jahren bei der Suche nach einem Domizil an der Ostsee unterstützt. Wegen der Seeluft. Er hatte sich überzeugen lassen. Hatte gedacht, es sei Fürsorge.

Nie hatte sie ihn besucht. Nur selten eine Postkarte oder einen Brief geschrieben.

Dann der Anruf.

Er hatte einen Augenblick überlegt. Alternativen abgewogen. Dann hatte er ihre großzügige Einladung für die Feiertage dankend angenommen und beschlossen ihr zuvorzukommen.

Vorsichtig erhob er sich vom Eis. Seine Hose war klamm, der Stoff für einen Moment an der Eisfläche festgefroren. Als er stand, wich das Adrenalin einem Gefühl von Erschöpfung. Er streckte sich, dehnte seine Gliedmaßen.

Ein letztes Mal drehte er sich um. Schaute zu dem Loch in der Eisfläche. Friedlich trieben die Eisschollen im Wasser. Er schüttelte den Kopf. Am meisten erstaunte ihn, wie vorhersehbar ihr Handeln gewesen war. Es stimmte. Geld verdarb den Charakter. Das Warten auf selbiges offenbar auch.

Er stieß sich mit der Spitze der rechten Kufe ab und lief mit ausladenden Schritten in Richtung Ufer. Er sollte sich beeilen, ins Warme zu kommen.

Noch nie hatte er sich den selbst gemachten Glühwein so sehr verdient wie heute.

FRÖHLICHE WEIHNACHT ÜBERALL
Petra Scheuermann

Leise summt Felix vor sich hin: „Oh Tannenbaum, oh Tannenbaum ...". Er liebt die Weihnachtszeit mit den Plätzchen, den Geschenken, dem Weihnachtsmarkt und der Weihnachts-CD.

Mit Emma, der Schäferhündin, läuft er durchs Feld. Immer wieder wirft er ihr den Stock, Emma apportiert.

Gestern hatten sie alle noch einmal gemeinsam den Alzeyer Weihnachtsmarkt auf dem Roßmarkt besucht. Der Duft der gebrannten Mandeln steigt Felix in die Nase.

Ob heute sein Geschenk unter dem Baum liegen wird? Seit drei Jahren wünscht er es sich. Wie oft hatte er es in Gedanken immer und immer wieder benutzt? Sollte er das Geschenk bekommen, dann wird er es tun. Er wird es tun müssen.

Die kalte Luft schmeckt nach Schnee. Weiße Weihnachten, das wäre toll. Mit Emma könnte er sich im Schnee wälzen. Vielleicht würden sie einen Ausflug in den Wald machen, um zu rodeln. Mit Opa Jan war er oft in die Schweiz gefahren. Felix hatte Jahre gebraucht, um zu realisieren, dass er noch niemals in der Schweiz gewesen war, sondern lediglich in der Rheinhessischen Schweiz. Jedoch, die Ferien beim Opa waren schön gewesen. Felix kam stets gerne auf den kleinen Aussiedlerhof in der Nähe von Alzey. Als der Opa vor zwei Jahren starb, ist die Familie in das große, alte Haus gezogen. Inzwischen hasst Felix diesen Hof, weil alles hier viel schlimmer wurde.

Felix bringt Emma in die Scheune und geht in die Küche. Der süße Duft der Weihnachtsbäckerei erfüllt das ganze

Haus. Die Mutter und seine Geschwister sitzen alle um den großen Küchentisch und backen Plätzchen. Leon leckt sich die Finger ab, an denen noch Schokostreusel kleben. Die kleine Mia steckt sich ein Stückchen Teig in den Mund und quietscht vor Freude. Die Mutter hat Mehl in den Haaren.

„Komm, Felix, du kannst das Gebäck aus dem Ofen holen." Er zieht die Topfhandschuhe über die Hände, nimmt das heiße Blech aus dem Ofen und hebt die fertigen Buttersterne mit dem Pfannenwender vom Blech. Dieser Duft!

Die Mutter setzt jedem Kind zwei noch warme Weihnachtskekse auf die Hand. Alle schmatzen glücklich.

Jana legt die Teigrohlinge vorsichtig aufs Blech. Diesmal verteilen sie Zuckerstreusel auf die Butterkringel. Diese werden sie nachher an die Nordmanntanne hängen. Mit der ganzen Familie waren sie letzten Samstag im Vorholz gewesen. Schon zum zweiten Mal haben sie dort einen frisch geschlagenen Weihnachtsbaum erstanden. Felix mag den harzigen Geruch des Waldes, der mit der Tanne für einige Wochen ins Wohnzimmer einzieht. Er kann es kaum erwarten, den Baum zu schmücken. Später werden die Geschenke darunter liegen. Wieder fragt sich Felix, ob er ihn diesmal bekommen wird. Er ist sich nicht sicher, ob die Mutter den Grund seines Wunsches kennt.

Endlich sitzen alle Geschwister und die Mutter im Wohnzimmer am geschmückten Weihnachtsbaum, unter dem die Geschenke liegen. Nordmanntanne. Den Name hat sich Felix gemerkt, er passt zu dem großen schlanken Baum. Das längliche Päckchen hat er längst entdeckt. Das muss sein Geschenk sein. Das Geschenk, das er sich schon so lange gewünscht hat. Vielleicht wird er es heute tun müssen. Er hat Angst davor. Und doch freut er sich darauf, es endlich

in den Händen zu halten. Die Mutter stellt das Weihnachtsessen auf den Tisch. Wie jedes Jahr gibt es Würstchen mit
Kartoffelsalat. Sie warten noch einige Zeit, aber als er nicht
kommt, beschließt die Mutter: „So, wir essen jetzt."

Ein Geräusch! Draußen im Flur!

Alle sehen gebannt zur Wohnzimmertür. Leon reißt die
Augen weit auf. Mia beginnt zu weinen. Die Tür öffnet sich
einen Spalt und Stromer, der schwarze Kater, schlüpft ins
warme Wohnzimmer. Alle atmen auf.

Die Mutter trägt die leeren Teller in die Küche, danach
sagt sie: „Zehn Minuten geben wir ihm noch."

Man weiß nie wann und in welchem Zustand er auftaucht.
Felix hofft, dass er nie wiederkommt. Vor einigen Wochen
hat er im Fernsehen eine Sendung gesehen, in der berichtet
wurde, dass es Familienväter gäbe, die zum Zigarettenholen
ihr Zuhause verlassen, ohne jemals zurückzukehren. Diese
Reportage pflanzte einen kleinen Hoffnungsschimmer in
sein Herz.

Felix steht auf und teilt der Mutter mit, dass sich die Kinder etwas ausgedacht haben. Jana und Leon stellen sich neben ihn, auch Mia holt er in ihre Mitte. Und dann sagen
sie das Gedicht „Weihnachten" auf. Leon beginnt: „Markt
und Straßen stehn verlassen …" Mia quakt immer wieder
dazwischen „Wei-mach, Wei-mach".

„Das war eine tolle Überraschung", die Mutter weint ein
bisschen.

Endlich verteilt sie die Geschenke. Zuerst kommt Mia
an die Reihe, danach Leon, Jana und zum Schluss Felix.
Das längliche Päckchen ist schwer. Er reißt aufgeregt das
weihnachtliche Papier ab. Genauso hat er sich den Baseballschläger vorgestellt. Felix stürmt auf seine Mutter zu und
umarmt sie: „Danke, Mama! Danke! Du bist die Beste." Die

Mutter versucht ein Lächeln, doch es sieht aus, als würde sie eine Grimasse schneiden.

Felix sitzt auf dem Sofa und streicht immer wieder über den Schläger. Das Holz fühlt sich glatt und warm an. „Einen Baseballschläger willst du?", hatte der Vater gesagt, „spiel gefälligst Fußball wie die anderen Jungs auch. So ein amerikanisches Zeug kommt mir nicht ins Haus." Und jetzt ist ihm sein Wunsch doch erfüllt worden.

Die Mutter legt die Weihnachts-CD auf und das erste Lied ertönt: „Lasst uns froh und munter sein und uns recht von Herzen freu'n! …"

Felix deponiert das Schlagholz hinter dem Sofa. Nun soll die Mutter ihre Geschenke bekommen. Mit Jana zusammen hat er der Mutter auf dem Weihnachtsmarkt einen geblümten Seidenschal gekauft. Mit Leon und Mia bemalten sie eine kleine Papp-Schachtel, in der die Mutter den Schal aufbewahren kann. Als sie die bunte Schachtel öffnet und den Schal erblickt, läuft ihr eine Träne aus dem rechten Auge. Fest drückt sie alle ihre Kinder an sich. Und in diesem Augenblick lächelt sie tatsächlich.

Ein vielstimmiger Kinderchor singt: „Alle Jahre wieder". Bei der zweiten Strophe: „Kehrt mit seinem Segen ein in jedes Haus …", öffnet sich die Tür des Wohnzimmers erneut einen Spalt, diesmal ist es nicht der Kater. Es ist der Vater, der fast zur Wohnzimmertür hereinfällt. Mia beginnt zu weinen. Jana versteckt den neuen Pulli hinter ihrem Rücken und Leon stellt sein noch ungeöffnetes Spiel unter den Tisch.

Felix hat es sofort registriert. Er kennt jede einzelne Regung in seinem Gesicht ganz genau. Jeder in der Familie hat gelernt, aus seinen Gesichtszügen zu lesen wie aus einem Buch, sogar die zweijährige Mia. Manchmal wenn er trinkt, wird er weich und rührselig; meistens hingegen macht der

Alkohol ihn böse und gemein. Heute wird es wieder Ärger geben. Viel Ärger. Felix' Hände zittern. Wird er es heute tun?

„Leise rieselt der Schnee", Felix konzentriert sich ganz auf den Text des Liedes. „In den Herzen ist's warm. Still schweigt Kummer und Harm, Sorge des Lebens verhallt ..."

Die Mutter gibt sich alle Mühe nett zu ihm zu sein, Felix weiß, dass es nicht helfen wird. Nichts kann sie davor retten. Nichts!

„Felix, stell' dich hin und zieh' die Hose runter!", lallt er. „Los, mach schon!"

Das Lied „Fröhliche Weihnacht überall" wird angestimmt.

„Hör' wenigstens heute auf. Es ist Weihnachten. Axel, bitte!", fleht die Mutter.

„Mit dieser Brut kann ich machen, was ich will und wann ich will. Scheiß auf Weihnachten! Hol' mir lieber ein kaltes Bier."

Mutter steht auf und geht in die Küche.

„Komm endlich", grob zieht der Vater ihn an den Haaren. Felix versetzt ihm einen Tritt und schafft es, sich aus dessen Umklammerung zu befreien.

„Warte nur, du kommst schon noch an die Reihe. Ich nehme zuerst deine Schwester. Jana, stell' dich hin! Hose runter!", schreit er.

„Lass Jana in Ruhe!", die Stimme von Felix ist fest wie noch nie zuvor in seinem Leben.

„Stille Nacht, heilige Nacht! Alles schläft, einsam wacht ..."

Die Mutter stellt das Bier auf den Tisch und auch sie traut sich zu sagen: „Lass Jana, sie hat doch nichts gemacht."

„Die haben alle Schläge verdient. Alle, ohne Ausnahme. Du auch, du blödes Stück. Ich werde jetzt tun, was getan werden muss."

In der letzten Zeit prügelt er noch öfter. Und seit drei Monaten schließt er sich immer wieder mit Jana im Kinderzimmer ein. Jana verrät nicht, was er dort mit ihr macht, aber Felix ist ja nicht dumm. Er kann es sich denken. Zu Beginn hat Jana geschrien, später nur noch leise geweint und gewimmert, inzwischen ist sie still geworden. Jana redet nicht mehr. Auch in der Schule nicht. Als der Brief ihrer Klassenlehrerin kam, hat er Jana so fest geschlagen, dass sie über eine Woche die Schule nicht besuchen konnte. Felix hat die Mutter angefleht, sich scheiden zu lassen. In seiner Klasse sind einige Schüler, deren Eltern sich getrennt haben. „Ach Felix, das geht doch nicht", hatte die Mutter gesagt, „wenn ich das mache, bringt er uns alle um." Felix wusste sofort, dass sie recht hatte. Jedes Mal, wenn er von einem Familiendrama hört, bei dem ein Vater seine Familie getötet hat, kann er tagelang an nichts anderes mehr denken.

Langsam zieht er den Gürtel aus seiner Hose. Zur gleichen Zeit greift Felix hinter das Sofa und holt den Baseballschläger hervor. Der Vater reißt Jana die Hose runter und schwingt den Gürtel wie eine Peitsche. Felix umfasst den Griff seines Geschenkes so fest er kann. Er geht auf ihn zu und hebt den Prügel hoch über seinen Kopf. So oft hat er sich vorgestellt, wie er das Schlagholz auf seinen Schädel sausen lässt, immer und immer wieder. Doch jetzt steht er da wie gelähmt. Resigniert lässt er das Holz sinken. Die Mutter nimmt es an sich. Er denkt, sie will es verstecken, denn bis jetzt hat der Vater von all dem nichts mitbekommen. Die Mutter jedoch geht von hinten auf ihn zu, hebt den Baseballschläger hoch und drischt auf den Kopf des Vaters ein. Dieser fällt auf Jana. Stöhnend versucht er sich aufzurichten. Nun nimmt Jana der Mutter den Schläger aus der Hand und versetzt ihm einen weiteren Treffer. Noch immer bewegt er sich. Mit einer ungeheuren Wucht prallt das Holz erneut auf seinen Schädel. Ein gespenstisches Knacken erfüllt den Raum. Felix hört einen Augenblick auf die Weihnachts-CD, ein Junge mit einer kristallklaren Stimme beginnt das Weihnachtsevangelium vorzulesen: „Es begab sich aber zu der Zeit …". Nur das Schlagholz, das noch zweimal auf den Schädel des Vaters knallt, übertönt die Stimme des Vorlesers. Felix lässt den Prügel sinken.

Die Mutter nimmt ihn aus seiner Hand und sagt: „Jetzt ist es gut. Alles wird gut." Ihre Stimme hört sich ungewohnt bestimmend an: „Leon, du gehst mit Mia ins Kinderzimmer und kommst erst wieder raus, wenn wir dich rufen. Felix, du besorgst die schwarze Plastikplane aus der Scheune. Jana, du stellst das Blech mit den Bratäpfeln in den Backofen. Ich hole heißes Wasser."

Zusammen heben Felix und die Mutter den Vater auf die schwarze Plane, rollen ihn ein und schleifen ihn in den Kühlraum. Gemeinsam wischen sie das Blut vom Boden auf. Immer noch dudelt die Weihnachts-CD: „Kling, Glöckchen, klingelingeling …"

Als sie alle wieder um den Tisch sitzen, fragt Jana: „Rufen wir jetzt die Polizei?"

„Nein", entscheidet die Mutter, „wir überlegen nach Weihnachten, was wir machen. Zunächst feiern wir unser erstes friedliches Weihnachtsfest."

Die Mutter trägt die Bratäpfel auf. Felix spielt die Weihnachts-CD erneut ab.

RACHEENGEL
Claudia Platz

Er befestigte die letzte Wachskerze auf der Nordmanntanne, trat einige Schritte zurück und begutachtete den
Weihnachtsbaum. Er war wie immer perfekt. Sein gerader,
schlanker Wuchs entsprach seinen ästhetischen Anforde-
rungen und der elegante Schmuck in Gold-, Elfenbein-
und Mokkatönen war unaufdringlich, ohne zu langweilen.
Selbst der Engel auf der Christbaumspitze, der seine Hände
zum Segen ausbreitete, wirkte nicht kitschig, sondern run-
dete das Bild ab. Auch wenn er allein lebte, hielt er an dieser
Tradition aus Kindertagen fest. Ohne Baum war Weihnachten einfach kein Weihnachten.

Er schenkte sich von dem Rotwein ein, den er am Vormittag zum Atmen geöffnet hatte, und entspannte in seinem Sessel. Andächtig lauschte er dem Weihnachtsorato-
rium von Bach und schwenkte dabei genussvoll das Glas.
Der Spätburgunder duftete zart nach Vanille, unter die
sich die etwas kräftigeren Aromen von Schattenmorelle
und schwarzer Johannisbeere mischten. Er nahm einen
Schluck und das feine Bukett erfüllte sein Versprechen auf
der Zunge.

Ein Lächeln überzog sein Gesicht. Er war ein zufriedener
Mann, mit sich und der Welt im Reinen und genoss sein
Single-Leben in selbst erwählter Abgeschiedenheit. Familie,
die Gesellschaft von Mitmenschen empfand er als ebenso
überbewertet wie Sex. Frau und Kinder bedeuteten nur
eine Einschränkung seiner persönlichen Freiheit. Die meisten Unterhaltungen waren schales Geplänkel, nicht wert
geführt zu werden. Verspürte er doch einmal den Wunsch
nach einem gepflegten Gespräch, traf er sich in passender

Umgebung mit einem seiner handverlesenen Freunde, die diese Kunst ebenso beherrschten wie er. Und regte sich ein gewisses körperliches Bedürfnis, gab es ausreichend Wege dieses zu stillen, ohne Verpflichtungen eingehen zu müssen.

Die größte Zufriedenheit zog er allerdings aus seinem Beruf als Restaurantkritiker. Unter dem Pseudonym Mario Muskat testete er Restaurants in ganz Deutschland. Dabei schenkte er den ländlichen Regionen die gleiche Aufmerksamkeit wie den großen Metropolen – vorausgesetzt, die Küche lohnte den Weg.

Die Kritiken, die er über seine kulinarischen Streifzüge in stylishen Food-Magazinen, angesagten Feinschmeckerillustrierten und Kochzeitschriften veröffentlichte, brachten ihm reichlich Anerkennung und standen bei den Lesern hoch im Kurs. Auch sein Internet-Blog erfreute sich großer Beliebtheit. Seine Fangemeinde wuchs beständig. Ob er den Daumen hob oder senkte, seine Jünger folgten ihm bedingungslos.

Dank seiner spitzen Feder war sein Name in Kochkreisen zunehmend gefürchtet. Das erfüllte ihn mit Stolz und er wusste es für sich zu nutzen. Wo immer er auftauchte, machte er keinen Hehl aus seiner Person, mit der Konsequenz, dass Küche und Keller um seine Gunst buhlten. Einziger Nachteil waren die Kilos, die er mit jedem Jahr mehr auf die Waage brachte. Nur seine regelmäßigen Besuche im Fitness-Studio verhinderten, dass er völlig aus der Form ging.

Längst besaß er eine Macht, die er sich zu Beginn seiner Laufbahn niemals erträumt hatte. Er krönte Küchenchefs oder vernichtete sie. Ohne Wenn und Aber. Weder ein Christian Rach noch ein Frank Rosin konnte den Verlierern helfen. Bedauern empfand er keines. Diese Köche waren selbst schuld – entweder fehlte es ihnen an Talent oder – was in seinen Augen schwerer wog – es mangelte ihnen an Einsicht.

Das Schreiben für Zeitungen genügte ihm inzwischen nicht mehr. Er strebte nach Höherem und arbeitete an einem Buch über Höhepunkte und Katastrophen seiner Restaurantbesuche. Selbstverständlich besaß es das Zeug zu einem Bestseller und er sah sich schon als viel gefragter Gast in Talkshows. Mitte Januar war Abgabetermin. Bis dahin musste er ihm den letzten Feinschliff verpasst haben. Deshalb hatte er sich für die nächsten Wochen in den Redaktionen abgemeldet, seinen Blog heruntergefahren und seine wenigen Verabredungen abgesagt. Nur heute machte er eine Ausnahme.

Seine Augen wanderten wieder über den Baum und blieben an einem zierlichen Vögelchen in mattbraun hängen. Es weckte Assoziationen zur glacierten Entenbrust auf lauwarmen Linsensalat, die er in Severin Bachs Winzerstube in Alzey gekostet hatte und die ihm jetzt noch ein Schmatzen entlockte.

Der Gottesbote auf der Spitze erinnerte ihn an Tatjana Engel, die als Newcomerin und aufgehendem Stern der Branche im Augenblick von sich reden machte. In ihrem Restaurant „Himmelspförtchen" hatte er ein beinah göttliches Dessert aus luftiger Schokotarte mit flüssigem Kern und frittiertem Bratapfeleis gegessen, von dem er noch immer träumte. Sehr zu seiner Freude befand sich das „Himmelspförtchen" nur wenige Kilometer von seinem Zuhause entfernt auf der Zitadelle in Mainz. Einen passenderen Standort hätte es nicht haben können: hoch über der Stadt, den Martinsdom zu Füßen, flankiert von St. Stephan.

Er schaute auf die Uhr. Gleich kam das Taxi. Zeit, sein

Weihnachtsgeschenk abzuholen. Er leerte das Glas und machte sich für seine Verabredung mit der Jungköchin fertig. Das Restaurant hatte an Heiligabend zwar geschlossen, aber sie traf dort letzte Vorbereitungen für die Feiertage. Sie würden also unter sich sein, was ihm nur recht war.

Die Fahrt von Ingelheim dauerte keine dreißig Minuten. Zeit, in der er über Tatjana Engel nachdachte. Mario Muskat fand, dass ein Küchenchef etwas Fleisch auf den Rippen haben musste. Nicht, weil er als Suppeneinlage diente, sondern weil eine Bohnenstange einfach keine gute Reklame fürs Geschäft war. Tatjana Engel entsprach seiner Vorstellung ganz und gar nicht. Sie neigte zur Magerkeit, trug size zero, sah eher aus wie eine Marathonläuferin. Dennoch hätte das „Himmelspförtchen" keine passendere Besitzerin haben können. Ihr ebenmäßiges Gesicht, die langen, blonden Haare und die veilchenblauen Augen machten ihrem Nachnamen alle Ehre. Sie kam seiner Vorstellung von einem Engel recht nahe. Ihre Altstimme klang so angenehm wie ihr Lachen und sowohl beim Kochen wie auch beim Reden beschränkte sie sich auf das Wesentliche, wie er bei ihrer letzten Begegnung hatte feststellen können. Sie gehörte zu den wenigen Frauen, für die er eine gewisse Achtung empfand.

Ihr sphärisches Erscheinungsbild täuschte allerdings über die knallharte Geschäftsfrau hinweg, die sich in diesem männerdominierten Metier durchzusetzen wusste. Ihr Ruf schreckte ihn nicht, im Gegenteil, er schätzte Gegner auf Augenhöhe.

Am Römischen Theater ließ er sich absetzen und gab, entgegen seiner Gewohnheit, sogar etwas Trinkgeld. Immerhin war Heiligabend. Die letzten Meter ging er zu Fuß. Niemand sollte sein eigentliches Ziel kennen. Vor der Lutherkirche blieb er kurz stehen. Helle Kinderstimmen drangen durch die dicken Mauern und erinnerten ihn an die vielen Weihnachten, die er mit seinen Eltern gefeiert hatte. Der Besuch der Kindermette war Pflichtprogramm gewesen. Bis zum Alter von zehn Jahren spielte er beim Krippenspiel stets die Rolle des mürrischen Herbergsvaters, der Josef und Maria barsch abwies. Seine Eltern lobten ihn für seine darstellerischen Fähigkeiten. Dabei hatte er sich gar nicht verstellen müssen. Bittsteller waren ihm schon damals ein Gräuel.

Es fing an zu schneien, was ihm ein verächtliches Schnauben entlockte. Alle Welt wünschte sich weiße Weihnachten – er konnte liebend gern darauf verzichten! Rasch hastete er an der antiken Spielstätte vorbei, ohne sie eines Blickes zu würdigen. Im Durchgang des Kommandantenbaus trieb ihm ein kalter Wind die Tränen in die Augen und er zog unter Fluchen ein sauberes Taschentuch aus seinem Mantel, um sie abzuwischen.

Der Schnee machte das Katzenkopfpflaster auf dem ansteigenden Weg glitschig und er musste höllisch aufpassen, nicht mit seinen handgefertigten Lederschuhen auszurutschen. Er hatte die Zitadelle bis auf ein paar parkende Autos für sich allein und musste nicht fürchten, beim Betreten des Himmelspförtchens gesehen zu werden. Auf sein Klopfen öffnete ihm Tatjana Engel in schwarzer Kochmontur, das Haar zum straffen Knoten gebunden und bat ihn herein. Im schwachen Lichtschein wirkte das Ambiente des Restaurants noch edler. Weißes Porzellan, leinene Servietten, Silberbesteck und Kerzenleuchter begrüßten den einsamen Gast. Es roch nach Tannen und kaltem Wachs, überdeckt von einem appetitlichen Duft aus der Küche.

Er hatte erwartet, dass sie sich an einen Tisch setzten und

ihre kleine Unterredung mit einem Glas Wein krönten – wie es bei den anderen immer der Fall gewesen war. Doch Tatjana Engel führte ihn in ihr blitzblankes Heiligtum. Zwischen den kühlen Edelstahlfronten fühlte er sich augenblicklich heimisch. Auf dem Gasherd blubberte in einem riesigen Topf ein Fond aus Knochen und Gemüse vor sich hin, den er als Quelle des verführerischen Aromas ausmachte. Das Öl in der riesigen Fritteuse warf brodelnde Blasen. Gebäckstücke tanzten auf und ab.

„Kommen Sie der bloß nicht zu nahe. Tödliche Küchenunfälle mit heißem Fett sind keine Seltenheit", warnte sie ihn, während sie das Sieb zum Abkühlen herausnahm und den Inhalt auf einem Papiertuch abtropfen ließ.

Respektvoll blieb er auf Abstand. Er spürte kein Verlangen, wie ein Wiener Schnitzel stradivaribraun gebrutzelt zu werden.

„Es stört Sie doch nicht, wenn ich weiterarbeite? Ich habe noch so viel zu erledigen", sagte sie, nahm ein schweres Messer in die Hand und schnitt mit atemberaubender Geschwindigkeit eine Zwiebel in gleichmäßige Würfel. Angesichts ihrer Fertigkeit zog er es vor, nicht zu intervenieren, obwohl er es als Affront empfand und ihre uneingeschränkte Aufmerksamkeit vorgezogen hätte.

„Haben Sie die Kritik wie versprochen dabei?", fragte sie, ohne aufzuschauen.

„Allerdings! Hier ist sie", entgegnete er und klopfte jovial auf seine Manteltasche.

„Kann ich sie lesen?"

„Natürlich. Deshalb bin ich ja hier. Vorab gäbe es da noch etwas zu klären", hüstelte er affektiert.

Sie unterbrach ihre Arbeit, blickte auf. „Was wäre das?"

Er räusperte sich. „Nur eine winzige Banalität, eine Klitzekleinigkeit sozusagen. Mein übliches Prozedere, ich handhabe das immer so."

Ihre Stimme wurde eine Spur schärfer. „Sie sind Kritiker. Entweder hat Ihnen mein Essen geschmeckt oder nicht. Basta!", erwiderte sie, warf das Messer auf die Arbeitsplatte, wischte die Hände an einem Handtuch ab und stemmte sie in die Taille.

„Ganz so einfach ist es nicht", zierte er sich weiter, senkte den Kopf und befreite mit spitzen Fingern seine Krawatte von imaginären Staubkörnchen. „Sehen Sie, es gibt zwei Kritiken. Eine wohlwollende, die Ihren Ruf festigt und Ihrer Karriere einen weiteren Schub verleiht, und eine zurückhaltende, die sich – würde sie erscheinen – möglicherweise negativ auf Ihre Geschäftsentwicklung auswirken könnte", schloss er und sah sie an.

„So läuft der Hase", murmelte sie erstaunlich gelassen, griff erneut nach dem Messer, fuhr mit ihrem Daumen prüfend über die Schneide und richtete sie dabei auf ihn. Sie hob es auf Augenhöhe und fixierte ihn über die Klinge.

Ihm wurde heiß. Er öffnete den Mantel, zog den Schal aus und lockerte seinen Hemdkragen. Vielleicht hätte er einen passenderen Moment wählen sollen. Einen, in dem sie keine gefährliche Waffe in der Hand hielt. Von einem „fliegenden Messer" wie eine Weihnachtsgans zerlegt zu werden, erschien ihm nicht gerade als erstrebenswertes Los.

„Das muss ich nachher wetzen", quittierte sie seine Verunsicherung mit einem Lächeln, reinigte es und legte es wieder hin.

Insgeheim atmete er auf, ärgerte sich aber gleichzeitig über sich selbst. Er ließ sich sonst nie aus der Ruhe bringen. Warum ausgerechnet heute und in Gegenwart einer Frau, die ihm körperlich noch nicht einmal gewachsen war? Seine schwammigen Gesichtszüge verloren alles Joviale. „Ich handle stets nach dem Prinzip: Quid pro quo und würde Ihnen gern einen kleinen Tauschhandel vorschlagen", beharrte er und stellte sich auf ein längeres Wortgefecht ein.

„Tauschhandel? Für mich klingt das stark nach Erpressung!", erwiderte sie mit harter Stimme.

„Sie kommen direkt auf den Punkt."

„Warum sollte ich auch um den heißen Brei herum reden? Unschöne Angelegenheiten werden durch geschönte Formulierungen nicht besser", stellte sie unbeirrt fest. „Ihr ‚Quid' dürfte wohl eine gute Kritik sein. Was aber ist mein ‚quo'?"

„Das Rezept Ihrer lauwarmen Schokotarte an Bratapfeleis", entschlüpfte es ihm, wobei er sich schmatzend über seine Lippen leckte. Allein bei dem Gedanken daran lief ihm das Wasser im Mund zusammen.

„Mir bleibt wohl keine andere Wahl?"

„Gewiss doch. Die hat man immer."

„Auch in diesem Fall?"

„Auch in diesem – nur bedenken Sie die Konsequenzen! Und es ist wohl unnötig zu erwähnen, dass beide Seiten über dieses kleine Abkommen Stillschweigen wahren. Wir wollen doch nicht, dass ein Schatten auf unsere guten Namen fällt und übler Klatsch aufkommt, oder?", legte er nach.

Tatjana Engel reagierte anders als erwartet. Keinerlei Protest, keine wüsten Beschimpfungen oder Hasstiraden, die er in der Regel erntete, wenn er ihre Berufskollegen mit seinem Ansinnen unter Druck setzte. Einzig die steile Falte zwischen ihren Augenbrauen und die vor der Brust verschränkten Arme signalisierten Ablehnung. Ihr Lächeln, das sich weiterhin um ihre Mundwinkel abzeichnete, irritierte ihn zwar, aber nur kurz. Woher sollte sie seine kleine

Rezept-Sammel-Marotte kennen, die er seit Beginn seiner Karriere pflegte und die für drei Bücher reichte? Sie war sein wohlgehütetes Geheimnis. Er kochte gerne und voller Enthusiasmus, war aber zu seinem Leidwesen kein Créateur de Cuisine. Wenn er seinen wählerischen Gaumen zufriedenstellen wollte, musste er auf die Kreationen der besten Küchenchefs zurückgreifen. Nur rückten diese ihre Rezepte selten freiwillig heraus – was wohl daran lag, dass die Kochzunft seine Kritiken nur bedingt schätzte.

Bisher hatte er noch immer bekommen, was er verlangte und keiner der Kritikprofiteure hatte etwas ausgeplaudert. Alle hielten sie sich an das Verschwiegenheitsabkommen. Denjenigen, die aufbegehrten, glaubte eh niemand. Mario Muskat verstand es, aufkeimende Verdächtigungen als haltlose Lügen oder böswillige Nachrede untalentierter Köche zu entlarven, sodass die Vorwürfe schnell verpufften.

„Was ist, wenn ich mich weigere und Ihre Masche publik mache? Denken Sie, die Artikel eines Erpressers würden weiterhin gedruckt? Und wie würden erst Ihre treuen Blog-Leser reagieren?"

Er zog spöttisch die linke Augenbraue hoch. „Damit haben schon ganz andere gedroht, bekanntere als Sie", höhnte er.

„Kam noch niemand auf die Idee, Ihre erpresserischen „Unterredungen" aufzunehmen? Zum Beispiel mit einem Handy oder einer versteckten Kamera?"

Sein Mienenspiel verriet, dass ihm diese Gefahr bisher nie in den Sinn gekommen war. Seine Augen huschten unruhig hin und her, suchten die Umgebung nach möglichen Aufnahmegeräten ab. Kein Mobiltelefon, kein Mikro, kein Objektiv. Alles war sauber. Es sollte ihm aber eine Warnung sein. In Zukunft würde er entsprechend vorsorgen und selbst die Orte für seine kleinen Transaktionen bestimmen. Weniger gefährliche als eine schlecht überschaubare Küche. Er bekam wieder Oberwasser. „Nun, wie lautet Ihre Entscheidung?"

„Lassen Sie mich zuerst beide Besprechungen lesen."

„Noch eins vorweg. Sie bekommen danach genau eine Minute Bedenkzeit. Nicht länger. Keine Antwort werte ich als Nein", meinte er, während er ihr die Kritiken reichte.

Sie zuckte nur mit den Schultern und machte sich ans Lesen. „Sie schreiben gut", gestand sie anerkennend.

„Ich weiß!"

„Wann soll der Artikel erscheinen?"

„Ende Januar. Das genaue Datum legt die Redaktion fest", sagte er und steckte die Papiere wieder ein.

„Und Sie beharren auf Ihrer Forderung?", hakte sie nach.

Er hatte schon zähere Verhandlungen für sich entschieden und schüttelte den Kopf. „Keine Kompromisse: Quid pro quo. Und die Minute ist vorbei."

Sie zögerte noch eine Sekunde. „Gut, wie Sie wollen. Soll ich Ihnen die Rezepte per E-Mail schicken?"

„Keine Umwege. Ich hätte sie lieber sofort und ausgedruckt."

„Okay, das dauert aber etwas. Ich muss erst den PC hochfahren."

„Ich warte gerne", grinste er.

„Sie wissen, was sich in einer fremden Küche gehört?"

„Natürlich. Nur schauen, nix anfassen", säuselte er.

„Korrekt!"

Kaum war sie gegangen, inspizierte er unverhohlen die Schränke, öffnete Schubladen, prüfte den Weinkühlschrank und die Vorratskammer. Alles tipptopp. Vor dem Regal mit den Gewürzen blieb er stehen. Die Auswahl entsprach ganz der Qualität des Hauses. Einige waren selbst gemischt, andere Produkte stammten aus dem exklusiven Fachhandel. Er konnte der Versuchung nicht widerstehen, öffnete eine Dose, auf der in zierlicher Handschrift „Wild" stand und erlebte eine bis dato unbekannte Geruchsexplosion. Die Welt des Orients tat sich auf. Das war ohne Zweifel die Würzung der eleganten Soße, die den zarten Frischlingsrücken vor einer Woche zu einem unvergleichlichen Genuss gemacht hatte. Diese Mixtur musste er unbedingt haben! Dumm, dass er vorhin nicht daran gedacht hatte. Er würde sie einfach nachträglich einfordern. Tatjana Engel konnte gar nicht „Nein" sagen. Dafür stand für sie zu viel auf dem Spiel.

Mit geschlossenen Lidern tauchte er selbstvergessen in die Aromen ein. Ein tiefer Atemzug und ein betörender Duft stieg sanft die Nase hoch, umgarnte den Geruchsnerv. Eindeutig Nelken und Lorbeer!

Der Gemüsefond blubberte sacht auf dem Herd vor sich hin. Er hörte es nicht.

Ebenso Sternanis…

Die Fritteuse zischte. Es war ihm egal.

Kardamom? Eher nicht.

Hinter ihm öffnete sich die Küchentür, fiel wieder ins Schloss. Schritte näherten sich. Tatjana Engel kam zurück. Er ignorierte sie, drang tiefer in diesen olfaktorischen Kosmos ein, um ihn genauer zu erforschen.

Möglicherweise auch eine Spur Kreuzkümmel? Ganz bestimmt aber ein Hauch Zimt!

Auch das leise metallische Scheppern aus Richtung des Herdes brachte ihn nicht aus der Ruhe.

Enthielt sie etwa geröstete Fenchelsamen? Ungewöhnlich!

Unbeirrt fächelte er sich mit seiner Linken den Duft zu.

146

Eine Spur Ingwer! Definitiv!

Das verächtliche Schnauben hinter ihm prallte an seinem Rücken ab.

Auf jeden Fall Wacholder.

Er musste einfach davon kosten, befeuchtete seine Fingerkuppe, stippte sie in die Dose und leckte sie ab. Geschmacksharmonie pur.

„Das verstehen Sie also unter ‚nur anschauen'?", presste Tatjana Engel erbost zwischen ihren zusammengekniffenen Lippen hervor.

Er wandte ihr noch nicht einmal den Kopf zu. „Was ist in dieser exquisiten ….", setzte er an, brachte „Mischung" aber nicht mehr über die Lippen, denn in diesem Moment zerschmetterte die schwere gusseiserne Pfanne seine Schädeldecke. Die Dose entglitt seinen Fingern und entleerte sich in einer duftenden Staubwolke. Er brach tot zusammen. Wobei er die Höflichkeit besaß, nicht mit der hässlichen Kopfwunde auf die Arbeitsfläche zu knallen, sondern direkt zu Boden zu gehen. Blut überzog die hellen Fliesen mit glänzend roter Glasur.

„Hier hast du dein „quo", du Dreckskerl", schrie Tatjana Engel. „Jetzt sind wir quitt!"

Sie betrachtete den Toten und empfand dabei weder Mitleid noch Grauen. Stattdessen überkam sie ein innerer Frieden. Sie kostete dieses Gefühl kurz aus, dann machte sie sich ans Aufräumen. Während sie das Blut von der Pfanne abwusch und sie anschließend auf dem Gasherd abflämmte, verpuffte der Hass auf den Kritiker endgültig. Die Dinge waren zurechtgerückt. Alles befand sich wieder im Lot. Endlich konnte sie vergessen, dass er dem Sternelokal ihres Onkels Anton in Hamburg mit einer zerfleischenden Kritik den langsamen, qualvollen Tod bescherte, der ihn beinah in den Selbstmord getrieben hätte und ihn seine Ehe kostete.

Lange hatten sie beide auf Revanche gehofft und am Fest der Liebe wurde ihr Wunsch erfüllt. Hätte Mario Muskat auch nur geahnt, dass ihr Onkel gleichberechtigter Geschäftspartner des Himmelspförtchens war, hätte er seine Hatz fortgesetzt und auch sie ruiniert. Deshalb tauchte sein Name als Mitinhaber nirgends auf. Nur so konnten sie gemeinsam das Restaurant auf Erfolgskurs bringen.

Während Anton die Vorspeisen und Desserts zauberte, war sie für Soßen und Hauptgerichte zuständig. Sie bedauerte etwas, dass der Kritiker nicht mehr erfuhr, wem er auf den Leim gegangen war. Denn Antons Genie stand hinter Bratapfeleis und Schokotarte. Ausgerechnet seine Kreation hatte ihren Feind hierher gelockt. Lieferung frei Haus sozusagen. Das Himmelspförtchen hatte sich für sie beide als gutes Omen entpuppt, nicht so für Mario Muskat, wie sie lächelnd feststellte.

Tatjana Engel ging nicht davon aus, dass jemand in ihrem Restaurant nach ihm suchte. Dafür hatte er selbst gesorgt und da er die eigene Gesellschaft der anderer vorzog, würde ihn so schnell auch niemand vermissen. Erst recht nicht ihre Kollegen. Bedauerlich war nur, dass die positive Kritik über ihr geliebtes Restaurant nicht erscheinen würde. Sie zog die Artikel aus der Manteltasche, verbrannte den schlechten und las noch einmal den guten. Vielleicht ließe sich das doch noch irgendwie deichseln. In memoriam sozusagen und per Post.

An den Füßen zog sie ihn aus der Küche und sang dabei: „Vom Himmel hoch, da komm ich her. Ich bring euch gute neue Mär …“, dann ging ihr die Puste aus.

In der Kühlkammer wartete schon die vorbereitete Plastikplane. Sie bettete ihn darauf und schlug ihn ein. Nicht, dass er die Umgebung kontaminierte. Hygiene hatte für sie oberste Priorität. Über die Feiertage würde er sich zwischen Rehrücken und Entenbrust frisch halten. Danach fand die Küche des Himmelspförtchens gewiss eine sinnvolle Verwendung für ihn.

FREIHEIT
Jürgen Heimbach

Der Ausbruch des Krieges war für Rosemarie Maurer eine Befreiung gewesen. Das Kriegsende die Freiheit.

Ihr Mann war damals eingezogen worden. 1940. Offizier der Reserve. Gewachsen war er, mit der Uniform am Leib, dem Schwur auf den Führer ständig auf den Lippen, und die Schläge waren sogar weniger geworden. Bis er die Mitteilung erhielt, dass er sich bereithalten sollte. Noch werde er nicht gebraucht. Bumms. Das hatte gesessen. Den Brief hatte er aus seiner Hand auf den Tisch fallen lassen, sie hatte dem niedersegelnden Papier nachgeschaut. Und bumms. Das hatte nochmals gesessen. Noch am Abend glühte ihre Wange dunkelrot.

Zwei Jahre hatte es gedauert, bis er endlich ins Feld durfte. Dieses Mal war er zurückhaltender mit seiner Freude. Traute dem Frieden nicht, verstand nicht, warum der Führer so lange auf ihn verzichtet hatte. Er verschlang die Siegesmeldungen und er wollte dabei sein.

Das war Anfang 1942. Zehn Monate später, am Heiligabend, erhielt Rosemarie die Nachricht, dass er gefallen war. Vor Stalingrad. Heldentod. Ihr war es scheißegal, ob Held oder nicht. Worüber sie nachdachte, war, dass sie sich über seinen Tod freute. Wie über ein Weihnachtsgeschenk. Sie hatte unter ihm, seinen Launen, seinem Größenwahn und seinen Schlägen und Tritten gelitten. Endlich fühlte sie sich frei. Sie konnte atmen, sprechen, sie konnte schauen, all das ohne die Angst, gleich wieder niedergeprügelt zu werden.

Und die Söhne? Waren die so anders waren als ihr Vater? Die stumm, die teilnahmslos zusahen, wenn er seine Frau schlug. Bruno, der Jüngere, hatte es genauso gemacht. Magda, die Freundin vom anderen Ende der Straße, hatte es ihr erzählt. In der Kirche. Dass Bruno seine Freundin schlug. Nicht einmal. Oft. Sehr oft sogar. Wenn ihm etwas nicht passte. Oder weil sie ihn nicht mit Heil Hitler grüßte. Bruno, der bei den Pionieren war, war schon früh gefallen, in der zweiten Kriegswoche. Ein Pole hatte ihn erschossen, aus einem Hinterhalt. Da hatte sie noch geweint. Reinhold, der Ältere, war bei den Fliegern. Der ganze Stolz seines Vaters. Neidisch war er auf den Sohn gewesen, nachdem man dem das Eiserne Kreuz um den Hals gehängt hatte. Über England hatte er fünf feindliche Flugzeuge vom Himmel geholt. Ein Teufelskerl, wie alle sagten. Und dann hatte ihn der Teufel geholt. In Nordafrika. Das hatte ihr Mann schon nicht mehr mitbekommen.

Und sie trauerte nur so viel, wie der Anstand es erforderte, so viel, dass sie von den Freunden und Bekannten nicht schief angesehen wurde. Den Rest machte sie mit sich selbst aus. Rosemarie würde sich keinem Mann mehr hingeben, sich nie mehr hergeben. Sie wollte frei sein und dieses Gefühl von Freiheit bis an ihr Lebensende bewahren. Im Krieg hatte das gut geklappt. Drei Männer hatte sie für den Führer und seinen Krieg hergegeben, da hatte ihr keiner was können, da hatte sich keiner an sie rangetraut.

Jetzt war der Krieg ein Jahr vorüber. Rosemarie hatte ein großes Geschick im Tauschen entwickelt, hatte genug zu essen, war nie schlecht gekleidet, achtete aber stets darauf, dass sie keinen Neid erregte. Sie hatte beste Kontakte zur Militärverwaltung, hatte, weil sie leidlich Französisch sprach, dort eine Stelle bekommen, wo sie erst die Korrespondenz und Verlautbarungen übersetzen musste, und dann, als sie das Vertrauen ihres französischen Vorgesetzten gewonnen hatte, nahm der sie immer öfter mit zu Gesprächen und Treffen, bei denen sie für ihn übersetzen musste. Er traute den offiziellen Übersetzern nicht. Aber ihr.

Und er zahlte ihr dieses Vertrauen zurück. Er schickte seine Soldaten, um das Dach ihres kleinen Hauses zu reparieren, neue Wasserleitungen zu legen, besorgte ihr eine Nähmaschine und vor allem, gab er ihr Zigaretten, die sie tauschen konnte.

Im Herbst 1947 ging es Rosemarie besser als den meisten anderen Menschen um sie herum. Sie fühlte sich frei, so frei, dass sie nun auch zuließ, sich nach Männern umzuschauen und auf ihre Angebote zu reagieren. Eben wie eine anständige Frau reagieren musste, unverbindlich und freundlich. Sie erwiderte ein Lächeln, wenn der Mann ihr gefiel. Mit der Zeit wuchs ihre Bereitschaft, sich wieder auf einen Mann einzulassen. Sie war gerade achtundvierzig Jahre alt und hielt sich noch für attraktiv. Die Selbstständigkeit und die Bestätigung durch die Arbeit waren ein Jungbrunnen für sie. Aber sie wollte ganz genau schauen, auf wen sie sich einließ, zu ihren Bedingungen. Sie würde sich nicht mehr nehmen lassen. Das schränkte den Kreis der in Frage Kommenden stark ein, doch das machte ihr nichts. So viel Zeit hatte sie. Sie wusste, dass ein falsches Wort genügen würde, ihn sofort fallen zu lassen. An ihren Mann und ihre Söhne dachte sie schon lange nicht mehr. Nur bei den Gelegenheiten, bei denen es von ihr erwartet wurde, spielte sie die Trauernde. Aber der Tod ihrer Familie lag nun schon fünf und mehr Jahre zurück. Alle hatten Verluste erlitten, die meisten mussten sich umorientieren und sich in ihr neues Leben einrichten, mussten in all der Zerstörung ihre neue Welt aufbauen. Da waren ihre Lebensumstände nicht außergewöhnlich.

Es gab einen Mann bei den Franzosen, Bertrand, einen Elsässer, der zum Stab des Mainzer Stadtkommandanten gehört hatte. Er war in der Stadt geblieben, als der abberufen worden war. Ein großer, fast schlaksiger Mann, zu dem die Uniform nicht so recht passte, auch, weil er viel lachte und stets mit so viel Ironie sprach, dass sie nie so genau wusste, was nun ernst gemeint war und was nicht. Er ging in Konzerte, er besuchte Theatervorstellungen und er konnte auch einfach nur so dasitzen und sich die Landschaft anschauen. Und er versorgte Rosemarie mit Büchern. Hemingway hatte er ihr zum Lesen gegeben, André Gide, Gedichte von Baudelaire, „Die Blumen des Bösen", mit denen sie weniger anfangen konnte, aber auch Thomas Mann, Heinrich Mann und den von Bertrand so heiß geliebten Sohn von Thomas, Klaus Mann. Er hatte den Schriftsteller einmal getroffen und Bertrand erzählte ihr oft von dieser Begegnung, von dem Enthusiasmus dieses Mannes. Hätte es nur mehr Klause gegeben, so behauptete Bertrand gerne, dann wäre Deutschland nicht dieser ... Und ‚Klause' klang bei ihm, fand sie, besonders schön, irgendwie anmutig. Dabei wusste sie nicht, wie sie auf dieses Wort gekommen war. Wahrscheinlich hatte sie es in einem der Bücher von Bertrand gelesen. Wie ihr überhaupt Wörter und Bilder in den Sinn kamen, seit sie ihn kannte, von denen sie früher nicht einmal wusste, dass sie existierten.

Mehrmals waren sie schon ausgegangen, erst ins Theater, später hatte er sie in ein Konzert eingeladen, schließlich hatte Bertrand Rosemarie ins französische Offizierskasino geführt. Zum Abschied hatten sie sich zart umarmt, sie hatte ihm einen Kuss auf die Wange gehaucht. Mehr nicht. Mehr würde sie ihm vielleicht beim nächsten Treffen am Heiligabend erlauben, auf den sie sich mehr freute, als sie sich eingestand. Er hatte keine Familie, er wollte in der Stadt bleiben, hatte er ihr gesagt, da hatte sie ihn ohne Umschweife zu sich eingeladen. Es sollte ein heiliger Abend werden.

Nun war Heiligabend. Rosemarie war aufgeregt. Sie hatte ein Bäumchen organisiert, keine Tanne oder Fichte, mehr einen Busch, und sie hatte ihn in dem kleinen Wohnzimmer vor das Fenster gestellt und geschmückt. Hatte aus dem Keller die alten Kugeln, von denen viele mittlerweile zerbrochen waren, in die Zweige gehängt, hatte Papierstreifen sehr schmal zugeschnitten und über die dürren Ästchen geworfen und zum Schluss drei hohe Kerzen, die sie teuer eingetauscht hatte, vor dem Bäumchen drapiert. Über den kleinen, etwas niedrigen Tisch im Wohnzimmer hatte sie eine Decke ausgebreitet und das Geschirr daraufgestellt. Eine Flasche Rotwein hatte sie organisiert, dazu Fleisch und Kartoffeln. Für Bertrand hatte sie einen Schal genäht. Den Stoff hatte sie getauscht; die meisten der Zigaretten, die sie noch besaß, hatte sie dafür hergeben müssen, denn es war ein besonders weicher und warmer Stoff.

Zwei Stunden noch, dann würde Bertrand vor ihrer Tür stehen, wie immer mit einem Strauß Blumen, manchmal auch einer kleinen Packung belgischer Pralinen. Alles immer im rechten Maß, nie zu viel, nicht zu protzig. Die Bücher, die er mitbrachte, legte er, wenn er sich unbeobachtet glaubte, auf den Tisch oder die kleine Anrichte im Flur. Heute würde sicher ein Weihnachtsgeschenk dabei sein. Er hatte Andeutungen gemacht, hatte sie raten lassen, von einer Überraschung gesprochen, aber Rosemarie war nicht darauf gekommen. Er hatte sie mit einem vielsagenden Lächeln angeschaut und geschwiegen.

Die beiden letzten Tage hatte sie sich ein neues Kleid genäht, mit Stoff, den sie gegen einige Dosen Fleisch getauscht hatte. Es war kalt draußen, aber sie wollte etwas Fröhliches, Farbenfrohes und hatte daher einen Stoff in einem dezenten Gelb gewählt, hatte ihn auf Figur geschnitten, nicht zu sehr, aber genug, dass ihre Weiblichkeit darunter nicht verborgen blieb, und den Saum ließ sie nur ein kleines Stück unter den Knien enden.

Mehrmals war sie in das Kleid geschlüpft, hatte sich im Spiegel betrachtet, hatte da eine falsche Naht entdeckt und geändert, war wieder vor den Spiegel getreten, hatte sich gedreht und betrachtet, hatte dort einen Faden abgeschnitten, und an anderer Stelle einen schiefen Saum korrigiert.

Eine Stunde vor der verabredeten Zeit war sie zufrieden. Sie wollte gerade das Kleid ausziehen, um sich zu waschen, da klopfte es an ihre Tür. Sie blickte durch das Fenster nach draußen. Es dämmerte bereits, die Straße war leer.

Bertrand konnte es nicht sein. Er war noch nie zu früh gekommen.

Es klopfte erneut. Dieses Mal fester. Energischer. Einer der Nachbarn, der etwas tauschen wollte? Eine der Frauen, die für den Heiligen Abend noch Kartoffeln oder ein kleines Stück Fleisch brauchten, um wenigstens an diesem Tag etwas von der Normalität der Vorkriegszeit in ihre vier Wände zu zaubern?

Rosemarie zögerte, wollte aus dem Kleid schlüpfen, da klopfte es erneut, nun fester und drängender als zuvor. Sie warf sich schnell eine Decke über die Schulter und eilte zur Haustür. Einen kurzen Moment wartete sie, hatte ein ungutes Gefühl, ohne zu wissen, aus welcher Richtung das kam. Wieder schlug eine Faust gegen die Holzfüllung der Tür, so plötzlich und so laut, dass sie erst zusammenzuckte und dann die Tür öffnete.

„Was dauert das so lange?", fauchte ihr eine tiefe und wohlbekannte Stimme ins Gesicht. Sie starrte den Mann mit dem verdreckten und verfilzten Bart und der abgewetzten Uniform an, der sie, als sie nicht zur Seite trat, um sie einzulassen, so rüde stieß, dass sie mit Schulter und Kopf gegen den Türrahmen krachte.

„Mach die Tür zu und komm her!", befahl die Stimme aus dem Innern des Hauses.

Noch benommen zog sie die Haustür zu und fuhr sich mit beiden Händen durch die Haare. Hatte sie eine Erscheinung? War da ein Geist in ihre Wohnung eingebrochen? Ein Geist, der aussah wie ihr vor Stalingrad gefallener Mann. Der Held.

„Wo bleibst du? Ich habe Hunger! Seit Tagen nichts mehr gegessen!"

Langsam, Schritt für Schritt, folgte sie der Stimme, die aus der Küche rief. Vor der Tür blieb sie stehen, wartete, überlegte, einfach wegzulaufen, auf die Straße, irgendwohin. Aber wohin? Und dann? Bertrand! Er würde in einer Stunde vor der Tür stehen, um bei ihr, mit ihr Weihnachten zu feiern. Wie schön hatte sie sich diesen Abend vorgestellt. Geküsst hätte sie ihn heute. Vielleicht auch mehr. Und sein Geschenk …

„Komm!" Nur noch dieses eine Wort. Böse gezischt, ein Befehl, dem sie sich nicht widersetzen durfte.

Rosemarie atmete tief durch und machte den Schritt in die Küche, sah zu dem kleinen, quadratischen Tisch, aber da saß niemand. Zwei Hände ergriffen sie von hinten und obwohl sie nicht kräftig zupackten, so kamen sie doch so überraschend, dass sie sich nicht wehren konnte und sich einen Augenblick später über den Tisch geworfen fand und gleich darauf zwei Hände an ihrem Hintern spürte, die das Kleid hochschoben und das Mieder zerrissen.

„Beine auseinander!", kam der Befehl von hinten, und als sie dem nicht sofort nachkam, half er nach. Mit Gewalt drückte er sein Glied in sie, dass sie aufschrie vor Schmerz.

Es dauerte nur wenige Sekunden, dann spürte sie, wie er sich in sie ergoss und sich auf sie fallen ließ. Fauliger Atemgeruch schlug ihr entgegen.

Dann löste er sich von ihr.

„Mach mir was zu essen! Was Anständiges. Es ist Weihnachten!"

Sie stützte beide Hände auf die Tischplatte, erhob sich und zog ihr Kleid glatt. Das warme Sperma floss ihr den Oberschenkel herunter.

„Kannst du nicht lachen!", blaffte der Mann. „Ich war nicht jahrelang in Gefangenschaft, um wie ein Idiot angestarrt zu werden. Ein wenig könntest du dich ja schon freuen. Dir scheint es ja gut zu gehen. Hurst du rum? Mit den Besatzern? Hast für zwei im Wohnzimmer gedeckt. Erwartest du einen Kerl?"

Er lachte herzlos, stand auf und holte aus. Sie wich zurück. Er lachte erneut und setzte sich, als er merkte, dass sie sich an einem der Schränke zu schaffen machte. Sie hockte vor der offenen Tür der Anrichte und suchte, aber sie wusste nicht, wonach. Rosemarie war verwirrt und wütend. Alles, was sie sich in den letzten Jahren aufgebaut hatte, wurde jetzt zerstört. Warum lebte ihr Mann? Auferstanden von den Toten. Von einer Sekunde auf die andere machte er alles kaputt. Nahm ihr die Freiheit, ihr neu gewonnenes Leben.

„Freust dich gar nicht, deinen Mann zu sehen? Hast wohl gedacht, dass ich in Russland verreckt bin? Aber es braucht schon ein bisschen mehr als den Iwan, um mich zur Strecke zu bringen. Und deinen Neuen, mit dem werde ich auch schon fertig. Erst mal wird abgeräumt!"

Während er das sagte, stand er auf. Sie hockte noch immer vor der offenen Anrichte. Langsam näherten sich ihr die Schritte der schweren Stiefel und stoppten so nahe hinter ihr, dass die Stiefelspitzen ihren Hintern berührten.

„Ich könnte noch einmal …", hörte sie ihn sagen.

Sie steckte ihren Kopf tiefer in den Schrank, wäre am liebsten hineingekrochen und hätte die Tür hinter sich zugezogen.

Dann war da wieder seine Hand, die sie am Kleid packte, mit einem Ruck nach oben riss und zu sich drehte.

Er grinste sie an, die Lippen zwischen den Barthaaren fies verzogen, seine Hand im Hosenschlitz wühlend.

Ihr Ekel und ihre Wut waren mit einem Mal so übermächtig, dass sie ihn mühelos von sich wegstieß und zur Tür lief, doch schon am Tisch hatte er sie wieder zu fassen bekommen. Da lagen noch die Nähutensilien. Er lachte. Sie dachte nicht nach, nahm die Schere, und stach zu.

Die Schere, mit der sie eben noch den Saum ihres Kleides aufgetrennt hatte, steckte im Hals des Mannes.

Mit einem Mal war Rosemarie ruhig. Sie betrachtete den Toten einige Sekunden, sah sich in der Küche um, bis ihr Blick auf der schmalen Tür zu der Vorratskammer hängen blieb. Obwohl der Mann trotz seines abgemagerten Körpers nicht mehr so viel wie vor dem Krieg wog, kam sie gehörig ins Schwitzen, als sie ihn an den Beinen packte und in den kleinen Raum zog, aber das machte ihr nichts. Sie wusste, dass ihr kaum eine halbe Stunde bis zum Eintreffen von Bertrand blieb.

Sie wischte das Blut auf dem Fußboden weg und legte den kleinen Rucksack, den ihr Mann bei sich getragen hatte, zu der Leiche in die Kammer.

Dann stellte sie Wasser auf den Herd, heizte ihn mit ein paar Holzstücken an und zog sich aus. Mit dem warmen Wasser wusch sie sich die Spuren der Vergewaltigung vom Leib, aber der Ekel blieb. Das Essen musste sie dann im Beisein Bertrands zubereiten. Gerne hätte sie es anders gehalten.

Dann überprüfte Rosemarie ihr Kleid. Es war voller Blut. Sie würde es nicht mehr tragen können. Aus einer wackeligen Anrichte in ihrem Schlafzimmer nahm sie ein altes, schon etwas verschlissenes gelbes Kleid und ein frisches Mieder und war gerade mit dem Frisieren fertig, als es zart an die Tür klopfte.

Betrübt stellte sie fest, dass sie nicht in der Stimmung war, mit Bertrand jetzt den Heiligen Abend zu feiern, den sie sich so anders vorgestellt hatte. Am liebsten würde sie jetzt alleine unter dem Baum sitzen, aber dann hätte der Mann, der tot in der Kammer lag, ihr Leben tatsächlich zerstört.

Also öffnete sie die Tür und umarmte Bertrand, vielleicht mit einer Spur Verzweiflung in dieser Geste, denn in seinem Blick lag etwas Zurückhaltendes, bevor er ihr den Strauß Blumen und die Pralinen überreichte.

Sie lächelte ihn an, aber dieses Lächeln hatte etwas Kühles.

„Ich habe deinen Nachbarn getroffen. Du weißt, den mit dem einen Bein", sagte Bertrand, nachdem er seinen Mantel ausgezogen und Rosemarie ihn an die Garderobe im Flur gehängt hatte.

Sie reagierte nicht.

„Er sagt, dass ein Mann hier eingetreten ist. In Uniform."

Sie überlegte kurz. „Ein durchreisender Soldat. Er wollte etwas zum Essen haben."

„Hast du ihm etwas gegeben?"

Sie nickte leicht. „Eine Scheibe Brot. Magst du etwas?"

„Ein Glas Wasser, bitte."

Er ging ins Wohnzimmer, zu dem Baum, legte ein kleines, hübsch in rotes Papier eingepacktes Kästchen unter den Baum, während Rosemarie die Blumen in der Küche ins Waschbecken legte und aus einer Karaffe Wasser in ein Glas füllte.

Dabei entdeckte sie ihr zerrissenes Mieder unter dem Tisch. Sie hatte vergessen, es wegzuräumen. Sie blickte zu Bertrand, der zu ihr zurückgekommen war und sich neben sie gestellt hatte. Sie reichte ihm das Glas und er trank es ruhig und in mehreren Schlucken leer.

Rosemarie erkannte jetzt auch, dass sie auf dem Boden nicht alle Spuren des Bluts fortgewischt hatte. Bertrand lächelte sie an.

„Der Nachbar hat gesagt, dass der Mann nicht weggegangen ist. Und er hätte ausgesehen wie dein Mann."

Bertrand sagte das neutral. Seltsam neutral. Nicht neugierig, nicht vorwurfsvoll, nicht fragend.

„Muss er übersehen haben!" Rosemarie klang schnippisch. Das wollte sie nicht.

„War er hier?"

„Wer?"

„Dein Mann? Ist er doch nicht tot?"

Bertrand wusste, dass ihr Mann in Russland gefallen war. Bei ihrem letzten Treffen hatte sie ihm in einem Anflug von Sentimentalität von dessen Brutalität erzählt. Ein Fehler, wie sie sich jetzt eingestehen musste.

„Lass uns von etwas anderem sprechen!", forderte sie den Mann auf, der sie nicht aus den Augen ließ. „Heute ist Heiligabend. Da will ich nicht an ihn denken. Ich habe ihn vergessen. Er existiert nicht mehr."

Bertrand ließ nicht locker. „Ist er zurück? Ist er nicht tot?"

Sie spürte den immensen Druck. „Noch ein Wasser? Oder einen Wein?", fragte sie schnell.

Er sah sie an, kurz nur, und nickte. Sie nahm die Weinflasche aus dem Schrank und reichte sie Bertrand zusammen mit dem Korkenzieher.

Währenddessen füllte sie das Wasserglas und nahm, als sie die Karaffe neben dem Spülbecken abstellte, die Schere, die sie abgewaschen und zum Trocknen dort abgelegt hatte.

„War das dein Mann?", fragte Bertrand, während er die Spirale in den Korken drehte. Er klang ernst und streng.

Rosemarie schwieg und beobachtete Bertrand dabei, wie er in eines der beiden Gläser, die Rosemarie auf den Tisch gestellt hatte, Wein schüttete. Bertrand hob das Glas und nahm einen kleinen Schluck, schloss die Augen, legte den Kopf zurück und schmatzte den Wein im Mund.

Leise trat Rosemarie neben den Mann und rammte ihm mit all der Kraft, der sie fähig war, die Spitze der Schere in den Hals.

Dieses Mal hatte sie nicht gleich die Halsschlagader getroffen. Bertrand drehte sich um und sah sie entsetzt an, öffnete die Lippen und wollte etwas sagen, aber er brachte keine Worte zustande.

Rosemarie zog die Klinge mit einem Ruck aus seinem Hals und stieß nochmals zu. Dieses Mal hatte sie richtig gezielt. Bertrand griff sich an die Wunde, versuchte sie mit der Hand zu schließen, und sackte zusammen, vor ihren Füßen. Eine Blutfontäne war auf ihr Kleid gespritzt und das Rot und das Gelb vermischten sich zu dem Bild einer bunten, lebensfrohen Sommerwiese.

Ihr Gefühl von Freiheit würde sie sich von niemandem mehr nehmen lassen, sagte sie sich, während sie begann, auch diese Leiche wegzuschaffen.

Als sie einträchtig neben der ihres Mannes lag, ging Rosemarie wieder nach oben und füllte das zweite Glas mit Wein. Es hätte ein so schönes Weihnachtsfest werden können, bedauerte sie sich und hob das Glas. „Auf die Freiheit und die Unabhängigkeit!", sagte sie laut und trank das Glas in einem Zug leer.

Sie füllte es erneut und ging zu dem Weihnachtsbaum und sah das in rotem Papier eingeschlagene Päckchen, das Bertrand dort abgelegt hatte.

Sie zögerte einen Moment, dann stellte sie das Glas ab und hockte sich vor den Baum.

Einige Minuten betrachtete sie das Geschenk, bevor sie begann, das Papier vorsichtig zu lösen. Darunter kam ein mit grünem Samt geschmücktes Etui zum Vorschein. Rosemarie drückte auf den kleinen goldenen Knopf und der Deckel sprang auf.

Zwei goldene Ringe blitzten ihr einträchtig auf dem grünen Samt nebeneinanderliegend entgegen.

Langsam und genussvoll löste Rosemarie die beiden Ringe aus der Halterung, betrachtete sie, hielt sie gegen das Licht, ergötzte sich an der makellosen Glätte des Goldes. Auf den Innenflächen erkannte sie Gravuren. Bertrand hatte seinen und Rosemaries Namen dort anbringen lassen.

Er hatte ihr heute, an diesem Heiligen Abend, einen Antrag machen wollen.

Sie legte die Ringe beiseite und griff nach dem Weinglas, da klopfte es an der Tür.

„Kreuzer hier", hörte sie eine ältliche Männerstimme. „Frohe Weihnachten!"

Ihr einbeiniger Nachbar! Was wollte der jetzt?

„Ist Ihr Mann wieder da?", rief der Mann durch die geschlossene Tür. „Ich habe ihn heute gesehen."

Sie würde sich ihre Freiheit, dieses überwältigende Gefühl, von niemandem nehmen lassen. Sie schob die Ringe unter die Bücher, stellte das Glas ab, erhob sich, legte die Schere zurecht und öffnete die Tür.

WEIHNACHTSSCHMAUS BEI TANTE KÄTHE
Simone Jöst

„Schau mich nicht so an. Ich habe mir Weihnachten auch anders vorgestellt."

Ich stütze mich mit den Ellbogen neben dir auf dem Tisch ab und starre auf mein karges Frühstück, einen Becher Erdbeerjoghurt, Marmeladenbrot und eine Tasse Pfefferminztee.

„Wenigstens muss ich heute nicht zu Tante Käthes obligatorischem Weihnachtsschmaus nach Rheinhessen fahren", sage ich und grinse müde.

„Jedes Jahr am ersten Weihnachtsfeiertag lud die alte Dame die ganze Verwandtschaft zu sich nach Engelstadt ein, um das Fest der Liebe zu feiern. Seit ich denken kann, begleitete ich meine Eltern nur widerwillig und murrend dorthin. Das geheuchelte Getue der lieben Familie war mir zutiefst verhasst, doch Tante Käthe legte größten Wert auf unser aller Erscheinen. Die Tradition müsse gepflegt werden, mahnte sie jedes Mal und alle nickten mit gesenkten Köpfen. Niemand wagte ihr zu widersprechen und jeder hoffte wahrscheinlich genau wie ich, dass die Feier ein baldiges Ende fand."

Die alte Dame saß gewöhnlich am Kopfende der gedeckten Tafel, erhob mit ihren knochigen und von der Gicht gezeichneten Fingern, ein Glas Rotwein und blickte uns der Reihe nach mit mausgrauen Augen streng an. Als ich noch kleiner war, war das der Moment, in dem ich mich hinter dem Rücken meiner Mutter verkroch. Später wurde aus meiner Furcht etwas anderes.

„Du fragst dich bestimmt, warum keiner von uns aus dieser weihnachtlichen Zwangsidylle ausbrach. Das kann ich dir sagen. Tante Käthe hatte Geld, viel Geld. Ihren Reichtum verbarg sie geschickt hinter einer etwas ärmlich anmutenden Hausfassade, damit niemand aus der Nachbarschaft oder dem kleinen Ort davon erfuhr. Aber wir, die Familie, wir wussten Bescheid. Jeder von uns."

Ich werde nachdenklich. Seit ich mich erinnern kann, war es immer dasselbe. Am ersten Weihnachtsfeiertag traf einer nach dem anderen mit scheinheiligem Gesicht pünktlich um elf Uhr dreißig bei Tante Käthe ein. Jedes Familienmitglied gab ihr einen obligatorischen Begrüßungskuss auf die runzlige Wange, heuchelte, wie gut sie aussehe, und drückte ihr in goldglitzerndem Papier verpacktes Weihnachtsgeschenk in die Hand. Es enthielt entweder eine Flasche Rotwein, Parfum oder Pralinen. Etwas anderes bekam sie nie. Die Fantasie meiner Familie war begrenzt.

„Weißt du", setze ich meinen Vortrag fort, „die ganze Mischpoke folgte der jährlichen Einladung zum Weihnachtsessen doch nur, weil jeder von uns sich bei Tante Käthe einschmeicheln wollte. Sie war alt und es war nur eine Frage der Zeit, wann sie abtreten würde und ihr Vermögen unter uns aufgeteilt werden sollte. Da konnte es nicht schaden, schon im Vorfeld Pluspunkte bei ihr zu sammeln, um das eigene Erbe ein wenig aufzustocken."

Vor meinem Fenster ziehen dicke graue Wolken auf und es beginnt zu schneien. Immer dichter wirbeln die Flocken gegen die Scheibe, türmen sich zu einem weißen Schneepolster und begraben die Welt unter sich. Glatte und unbefahrbare Straßen, mein Gott, wie oft hatte ich mir dieses Szenario in den letzten Jahren gewünscht. Das wäre ein Argument gewesen, gegen das Tante Käthe nichts hätte einwenden können und mir wäre die Fahrt nach Rheinhessen erspart geblieben.

„Es tut mir leid, liebste Tante, aber ich kann dieses Mal nicht zum Weihnachtsessen kommen", imitierte ich mit gezierter Stimme das fiktive Telefonat, das ich gerne geführt hätte, nur um der traditionellen Rindersuppe mit Sternchennudeln und dem Rollbraten mit Rotkraut und Knödeln zu entkommen.

„Letztes Jahr war es besonders schlimm", setzte ich meinen Bericht fort. „Ich beschloss, mich mit einer Ausrede zu entschuldigen, wollte zum ersten Mal in meinem Leben diesem alljährlichen Zwangs-Friede-Freude-Eierkuchen-Weihnachtsschmaus fernbleiben. Ich bin 27 Jahre alt und wenn die Alte ruft, gehorche ich noch immer wie ein kleines Hündchen. Ich war fest entschlossen abzusagen, doch diese gefühlsduselige Adventszeit hat mich dermaßen weichgespült, dass ich es nicht übers Herz brachte, ihre Einladung abzulehnen. Bei mir zu Hause warten weder Frau noch Kinder auf mich und so fuhr ich, enttäuscht über meine eigene Willensschwäche, wieder murrend mit meinen Eltern nach Engelstadt."

Mein Holzstuhl knarzt, als ich mich zurücklehne und die Arme vor meiner Brust verschränke.

„Ja, du hast recht, man konnte nicht wissen, wie lange Tante Käthe noch lebte. Es sollte vielleicht ihr letztes Weihnachtsfest sein und da wäre es dumm von mir gewesen, meine über die Jahre qualvoll verdienten Pluspunkte zu verspielen. Irgendwie erinnerte mich das an die Treuemarken, die man in Kaufhäusern sammelte. Für jeden Besuch eine Marke, bis man endlich das Bonusheftchen gegen eine fette Prämie einlösen durfte."

Ich erhebe mich und folge dir zum Fenster.

„Langweile ich dich mit meinem Bericht? Sag nichts. Ich will es nicht wissen. Lass mich erst noch erzählen, was bei unserem letzten Weihnachtsessen geschah."

Ich folge deinem Blick nach draußen ins Schneegestöber und fahre fort:

„Mutter, Vater und ich waren die Ersten, die bei Tante Käthe eintrafen. Umarmungen und Küsse auf die schrumpeligen Wangen der kleinen Person mit grauem Dutt wurden im Flur ausgetauscht. Kurz nach uns trafen Onkel Justus und seine Frau Frieda ein. Das Zeremoniell wiederholte sich. Justus und Mutter sind die Geschwister meiner Tante. Außer uns kamen noch Käthes Kinder Anni mit Mann Richard und der pubertierenden Tochter Elisabeth, die nur auf den Namen Beth reagierte, und Annis Bruder Leo. Ihn mag ich besonders gern. Er ist in meinem Alter und ebenfalls Single. Tante Käthe bohrte jedes Mal und fragte uns nach Frauen in unserem Leben und nach Kindern. Sie klärte uns darüber auf, dass es für einen jungen Mann nicht gesund sei, alleine zu leben. Bla, bla, bla. Sie lebte doch auch alleine. In ihrem Fall schien das wirklich nicht gesund zu sein, wenn ich mir ihre zänkische Art genauer betrachtete. Nur weil ich mich gegen eine feste Bindung entschieden hatte und mein Leben genoss, musste ich nicht zwangsläufig einen Schaden davontragen. Mit einer Frau an meiner Seite hätte ich jetzt definitiv mehr Probleme."

In der Ferne höre ich die Räder eines Autos auf der vereisten Fahrbahn durchdrehen.

„Keine Sorge, ich werde nicht melancholisch", beruhige ich dich und beeile mich weiterzuerzählen. „Die Stimmung bei Tisch war wieder einmal bombastisch. Käthe eröffnete das Mahl mit der obligatorischen Mahnung, der Tradition Folge zu leisten und prostete uns mit ihrem Glas Rotwein zu. Ich verkroch mich in diesem Moment schon lange nicht mehr hinter dem Rücken meiner Mutter, sondern knirschte stattdessen mit den Zähnen. Jeder von uns erhob sein Glas und schenkte Käthe ein mehr oder weniger freundliches Lächeln. Ich erinnere mich noch an Beth's Gesichtsausdruck. Stell dir vor, sie ist eine Gothic, du weißt schon, sie trägt nur schwarze Klamotten, schwere Stiefel und hat ein Nasenpiercing. Tante Käthe hielt ihr einen langen Vortrag über Gesundheit und Schicklichkeit, als sie das Schmuckstück im Gesicht ihrer Enkelin entdeckte. Sie ließ keine Gelegenheit aus, mit Anni zu schimpfen und ihr Vorwürfe zu machen, weil sie erlaubte, dass ihre Tochter wie ein Bulle einen Nasenring trug und sich diesen Dreck ins Gesicht schmierte, den die jungen Leute Make-up nannten. Beth war kurz vorm Explodieren und hob zu einer Bemerkung an. Anni musste an ihre Prämienpunkte und das Erbe gedacht haben, die eine pampige Antwort ihrer Tochter mit einem Schlag hätte zunichtemachen können. Sie legte Beth eindringlich die Hand auf den Arm und zwang sie zur Ruhe. Das Gesicht des Mädchens hättest du sehen müssen. Donnerschlag und Kanonenfeuer."

Entspannt lehne ich mich mit der Schulter gegen die Wand, stecke die Hände in die Hosentaschen und blicke nach draußen. Das Schneegestöber wird immer dichter und verschlingt die ganze Welt. Mir soll es recht sein.

„Onkel Justus musste gespürt haben, dass Beth kurz vor einem Tobsuchtsanfall stand. Er wollte Anni wahrscheinlich zu Hilfe kommen und die Situation retten, ehe das Weihnachtsessen zum Desaster eskalierte, was später allerdings doch geschah. Er lenkte vom Thema ab und verwickelte Käthe in ein Gespräch über den Weihnachtsmarkt auf dem Dorfplatz in Engelstadt, der schon Anfang Dezember stattgefunden hatte. Er fragte, ob sie Glühwein trinken war und wieder Basteleien gekauft habe. Anfangs schien sein Ablenkungsmanöver zu funktionieren. Die Gesichtszüge unserer Gastgeberin entspannten sich und ein seltenes Lächeln straffte ihre Falten. Sie holte Luft und wollte gerade berichten, was sich im Ort zugetragen hatte, als mein Vater das Gespräch mit einem Hustenanfall torpedierte. Er hatte sich verschluckt und nicht rechtzeitig die Hand vor den Mund halten können, was Tante Käthe auf die Palme brachte. Du hättest sie sehen sollen. Sie lief puterrot an, ließ Messer und Gabel auf ihren Teller sinken und tupfte sich empört ihre runzligen Lippen an ihrer weißen Damastserviette ab. ,Hugo!', rief sie empört und schlug mit der Handfläche auf den Tisch. Die Gläser klirrten."

Die Szene ist mir noch lebhaft vor Augen. Ich ahme meine Tante nach und schlage lachend mit der Hand auf die Fensterbank. Du fährst zusammen und ziehst dich beleidigt zurück.

„Entschuldige, ich wollte dich nicht erschrecken."

Ich folge dir an den Tisch und setze mich zu dir.

„Das Festessen geriet aus den gewohnten Bahnen. Die Stimmung war wie ein Pulverfass, das nur auf den zündenden Funken wartete, um endlich zu explodieren. Der Weihnachtsbaum mit Bündeln von Lametta und silbernen Kugeln stand friedlich im Wohnzimmer und die klobigen Elektrokerzen leuchteten bis zu uns ins Esszimmer herüber. LED-Lichterkette war ein Fremdwort für meine Tante, aber wer keine Frau hat, der versteht auch nichts von festlicher Dekoration, musste ich mich belehren lassen. Käthes Tiefschlag saß. Auch ohne ihre penetranten Sticheleien fiel es mir schwer genug ruhig zu bleiben und ich schwor, nächstes Jahr würde ich definitiv nicht mehr kommen. Ob nun Influenza oder Straßenglätte, irgendeine Ausrede sollte mir einfallen."

Mein Tee ist kalt geworden. Angeekelt stelle ich die Tasse auf den Tisch zurück.

„Wenn ich es mir recht überlege, war Tante Käthe selbst schuld an dem, was folgte. Die ganze Feier wäre anders ausgegangen, wenn sie sich ebenfalls an die guten alten Traditionen gehalten und wie immer Rotkraut serviert hätte. Dieses Jahr gab es Rosenkohl. Ich saß vor meinem Teller, musste mir anhören, was für ein ungehobelter Mann mein Vater sei, dass er keinen Anstand habe und vulgär über den Tisch huste. Tante Käthe holte zum Rundumschlag aus und beschimpfte ihre Schwester, meine Mutter, gleich mit, denn sie hätte es besser wissen müssen und diesen Mann nie heiraten dürfen. Man sehe ja, wohin das führte und dabei deutete sie auf mich. Nun war ich an der Reihe. Beth grinste unter ihrem langen Pony zu mir herüber und trat mit ihrem Armeestiefel gegen mein Schienbein. Ich versuchte mich nicht provozieren zu lassen und starrte auf meinen Teller. Meine Wangenknochen mahlten und ich stach zornig mit voller Wucht auf einen Rosenkohl ein. Dumm nur, dass ich ihn nicht richtig erwischte. Diese kleine runde Kugel, satt in Bratensoße getaucht, wurde zum Geschoss und jagte quer über den Tisch auf das weiße Hemd meines Schwagers Richard. Feuer frei."

An dieser Stelle kann ich mir das Lachen nicht verkneifen. Ich sehe noch immer die erschrockenen Gesichter meiner Familie.

„Du hättest dabei sein müssen. Das war der endgültige Wendepunkt unserer Feier. Richard sprang in die Höhe, starrte auf sein Hemd und schaute mich an. Er ballte die Fäuste und warf mit Schimpfworten um sich. Ich glaube, seine Wut, die er an mir entlud, war nur ein Ventil, für das, was uns allen seit Jahren schon auf die Nerven ging. Trotzdem fühlte ich mich persönlich attackiert. Anni musste bemerkt haben, dass ich nur einen Wimpernschlag von einem Fausthieb in das Gesicht ihres Mannes entfernt gewesen war. Sofort sprang sie für mich ein und behauptete, dass ich das nicht absichtlich getan hätte, und verteidigte mich. Richard, so richtig in Fahrt gekommen, konnte nicht mehr an sich halten. Er war wütend, weil seine Frau mich in Schutz nahm, und unterstellte uns eine Affäre, die er schon seit Langem vermutete. Das war absurd, mit diesem überschminkten Weibsbild wollte ich nichts zu tun haben."

An diesem Punkt mache ich eine Pause, strecke meine Hand nach dir aus, würde dich gerne berühren, aber ich weiß, dass du das nicht magst. Also ziehe ich sie wieder zurück und erzähle weiter: „Die weihnachtliche Stimmung in Tante Käthes Esszimmer war sofort verraucht. Es hätte mich nicht gewundert, wenn Maria und Josef in der Krippe unter dem Weihnachtsbaum sich von uns abgewandt hätten, denn das, was nun folgte, war ganz und gar nicht im christlichen Sinne. Die ständigen Sticheleien den ganzen Mittag über hatten mich an meine Grenzen getrieben und dann auch noch Richards Ausbruch mit einer mehr oder weniger deutlichen Kampfansage war zu viel. Ich schnellte in die Höhe, packte ihn an der Kehle und drängte ihn mit dem Rücken gegen die Wand. Er versuchte sich zu befreien, aber ich war einen Kopf größer als er, und da ich ja keine Frau und dementsprechend viel Zeit für Krafttraining im Fitnessstudio hatte, war die Situation schnell geklärt. Tante Käthe schrie hinter meinem Rücken, ich solle augenblicklich loslassen, und als ich das nicht tat, beschimpfte sie wieder meine Mutter und suchte die Schuld in der falschen Wahl des Ehemannes. Leo, Onkel Justus und seine Frau Frieda huschten erschrocken ins Wohnzimmer und schoben vorsichtig die Glastür zu. Wir sahen ihre Silhouetten und die klobige Weihnachtsbaumbeleuchtung nur noch schemenhaft durch die Scheibe. Beth feuerte mich an, ihrem Vater endlich mal einen Denkzettel zu verpassen, und bekam im gleichen Moment eine schallende Ohrfeige von ihrer Mutter, deren goldene Armreifen klirrten. Meine Eltern redeten mit Engelszungen auf mich ein, aber ich wollte mich nicht beruhigen. Als Tante Käthe mir plötzlich mit der Suppenkelle von hinten auf den Kopf schlug, war Schluss mit lustig. Ich ließ Richard los und wirbelte herum. Tante Käthe erschrak und taumelte, aber sie hatte sich sofort wieder im Griff, straffte ihren Rücken und beschimpfte mich immer weiter. Scheinheiliger Erbschleicher und Missgeburt eines Weicheis waren die harmlosesten Beschimpfungen, die ich von der keifenden Furie zu hören bekam. Sie reichte mir in ihrem dunkelblauen Samtkleid mit weißem Spitzenkragen gerade einmal bis zur Brust."

Ich fahre mit der Hand über mein unrasiertes Kinn und seufze. Es tut gut, dir die ganze Geschichte zu erzählen.

„Alle sagen, ich hätte ein Gewaltproblem. Ich sage, die Alte war selbst schuld. Hätte sie nicht den Kriegsrevolver ihres verstorbenen Gatten aus dem Sekretär geholt und einen Warnschuss schräg nach oben in die Zimmerdecke abgefeuert, wäre nicht der Verputz wie Regen auf mich niedergeprasselt und hätten nicht die Frauen im weihnachtlich geschmückten Esszimmer unisono aufgeschrien, wäre einiges anders gekommen."

Lächelnd schaue ich dir in die Augen, beuge mich dichter zu dir vor.

„Ich will meine Tat nicht beschönigen, nur erklären. Weißt du, die Alte hatte mich provoziert und plötzlich war mir mein Erbprämienheftchen vollkommen egal. Käthes ganzes Geld hätte niemals diesen Moment aufwiegen können, in dem ich ihr die Kehle zudrückte und unter dem Gezeter

172

meiner Familie ihr den letzten Atemzug raubte. Und? Was sagst du jetzt?"

Ich warte auf deine Antwort, weiß, dass ich keine bekomme. Du setzt dich auf meinen Tisch neben den kleinen Plastikengel, den ich bei der Weihnachtsfeier der Gefängnistombola gewonnen habe. Irgendwie erinnert mich sein Gesichtsausdruck an Tante Käthe. Meine Zelle wirkt mit einmal viel enger, raubt mir plötzlich die Luft zum Atmen. Es ist Weihnachten und heute früh habe ich den ersten Strich mit dem Fingernagel in die Wand geritzt. Jedes Jahr wird nun ein weiterer folgen, bis ich meine Strafe für den Mord an meiner Tante abgesessen habe.

„Glotz mich nicht so dusselig mit deinen Fliegenaugen an", schimpfe ich und beobachte, wie du mit deinen dünnen Beinchen deine filigranen Flügel putzt. Deine Gleichgültigkeit ärgert mich, macht mich wütend.

„Ich habe kein Gewaltproblem!", schreie ich dich an. „Tante Käthe hatte es verdient, hörst du?"

Ich lasse meine Hand über dir auf die Tischplatte niedersausen und spüre, wie ich deinen kleinen Körper darunter zerquetsche. Es ist mir egal.

Die Schneeflocken tanzen vor dem vergitterten Gefängnisfenster, türmen sich zu einem eisigen Polster auf dem Sims. Mir wird kalt und ich denke an meine Familie, die nun in ihren eigenen geschmückten Wohnzimmern Weihnachten feiern darf und mit Tante Käthes Erbe auf dem Bankkonto und einem Glas Rotwein in der Hand bestimmt dankbar auf mich anstößt.

BOMBARDINO
Gabriele Scholtz

Also dann, auf nach Oppenheim! Im strahlenden Sonnen-
schein fuhr Kai die B9 entlang. Seine Schwester hatte es aus
der Großstadt aufs Land verschlagen. Back to the roots. Zu
seiner Rechten glitzerten die schneebedeckten sanften Hän-
ge der Weinberge, zu seiner Linken floss träge der Rhein. Ein
postkartenblauer Himmel spannte sich über die winterliche
Landschaft. ‚Wenn Engel reisen …', hieß es doch. Das galt
offensichtlich auch für Racheengel. Vorsichtig lenkte Kai
seinen klapperigen schwarzen Opel durch den verschneiten
Ort. „Weinhöfchen in der Merianstraße, direkt gegenüber
dem Rathaus" – so hatte Julia den Treffpunkt beschrieben.
Sein Navi hatte natürlich in dem Moment, wo er es brauchte, seinen Geist aufgegeben. Was solls. Er würde es schon
finden. Den Schildern ‚Altstadt' und ‚Zentralparkplatz' folgend, kroch er die Hauptstraße entlang, als sein Blick auf
einen kirschroten Sportwagen fiel, der schräg in die Fahrbahn ragte. ‚HP – K…', las er auf dem Nummernschild.
Wenn das nicht der Schlitten seines Vaters war. Der wohnte
in Heppenheim und hieß Karl. Und eine solche Protzkarre
idiotisch geparkt – das passte! Kurz entschlossen bog Kai in
die Lücke hinter dem Sportwagen ein. Dann ging er zum
Parkscheinautomaten gegenüber. War ja klar – auch an Feiertagen wollten sie Geld. Abzocke überall. 1,40 € für zwei
Stunden. Länger würde das Treffen mit Julia und ihrem gemeinsamen Erzeuger hoffentlich nicht dauern. Nachdem
Kai die Münzen in den Schlitz geworfen hatte, tauchte die
Schrift auf: ‚Mit grüner Taste bestätigen'. Es gab drei Tasten: eine blaue, eine goldene und eine rote. Kai wählte die
goldene. Die glänzte am meisten, wurde offensichtlich oft

benutzt, war vielleicht mal grün gewesen. Richtig – prompt spuckte das Gerät einen Parkschein aus.

Er sah sich um. Die Straße war belebt. Kein Wunder am zweiten Weihnachtsfeiertag in einem beliebten Ausflugsort bei herrlichem Wetter. Eine Gruppe lachender Menschen, sechzig Jahre aufwärts, in dicken Mänteln und Wanderstiefeln kam ihm entgegen und machte sich daran, die steilen Stufen zum Marktplatz und zur Katharinenkirche zu erklimmen. Ein kleiner Junge und ein Mädchen schlitterten auf der Fahrbahn an ihm vorbei, ohne die Ermahnungen ihrer Eltern, vorsichtig zu sein, zu beachten. Kai zog ein enges, leicht ansteigendes Gässchen der Treppe und der Hauptstraße vor. Hier lag der Schnee noch fast unberührt. Langsam stapfte er an der alten Mauer aus gelbem und rotem Sandstein entlang, vorbei an schmalen Fachwerkhäusern, deren Fassaden an einigen Stellen bröckelten. An einer Wand rankte Wein empor. Neben der Eingangstür hatten Kinder einen Schneemann gebaut. Mit seiner Rute und dem roten Eimer auf dem Kopf sollte er wohl den Nikolaus darstellen. So einen hatte er mit Julia gebaut, damals, am ersten Weihnachtsfest, nachdem ihr Vater die Familie verlassen hatte. Auf und davon war er gegangen, ohne ein Wort des Abschieds.

„Wo ist Papa?", hatte Kai die Mutter gefragt.

„Der ist weg."

Keine Frau unnötiger Worte, seine Mutter. Inzwischen war sie tot. Während der Alte noch lebte. Unverdientermaßen.

Kai trat einen Klumpen vereisten Schnees gegen die Mauer, wo er in kleine Teile zerbrach. Dann warf er einen Blick auf seine Armbanduhr. Gleich würde er seinen Erzeuger wiedersehen. Nach dreißig Jahren Funkstille.

Vor ein paar Tagen hatte Julia ihren Bruder angerufen. Papa – sie nannte ihn tatsächlich ‚Papa'! – habe sich gemeldet. Er sei zum vierten Mal verheiratet und seine Frau habe einen Jungen in die Ehe mitgebracht. Aber darum gehe es nicht. Wenn sie richtig verstanden hätte, brauche er ihre und Kais Unterschrift, weil sie das Haus der Großeltern anteilig erbten. Julia klang ganz aufgeregt. Plapperte was von „endlich als Erwachsene ihren Vater kennenlernen", „Chance zur Versöhnung", das habe auch ihre Therapeutin gesagt. Mit Kais Zustimmung hatte sie wohl nicht gerechnet. Na ja, verständlich, so oft wie er erklärt hatte, mit seinem Erzeuger nie wieder ein Wort zu wechseln. „Wirklich? Du kommst auch zu unserem Treffen? Du willst ihn sehen, nach all den Jahren?", hatte sie ungläubig gefragt. Und ob er das wollte. Er fand, Weihnachten, das Fest der Familie, das Fest der Liebe, passte ganz ausgezeichnet.

Die Gasse stieß auf eine breitere Straße. Links ging es bergauf, in Richtung ‚Information', wie das Hinweisschild versprach. Da lag sicher auch das Rathaus. Wäre gut, mal anzukommen. Obwohl Kai nur langsam einen Fuß vor den andern setzte, strengte ihn das Gehen im Schnee an. Nicht nur das Gehen, alles kostete unglaublich viel Kraft, seitdem seine Körpertemperatur nicht mehr unter 40 Grad sank. Das würde sich nicht mehr ändern. Und sein Hautausschlag würde sich verschlimmern – so lautete die Prognose. Die Krankheit hatte ihn besiegt. Viel Zeit blieb ihm nicht mehr. Dass er HIV-positiv war, wusste er schon lange, doch bis zu seinem Arztbesuch in der vergangenen Woche hatte er sich an die Hoffnung geklammert, die Bombe in seinem Körper werde erst in ferner Zukunft explodieren, wenn er ein alter Mann wäre. Nach dem Todesurteil hatte Kai zunächst gar nichts gefühlt. Völlig ruhig war er nach Hause gefahren, hatte seine Papiere geordnet, Rechnungen bezahlt, Adrian die Wohnung überschrieben und sein Testament gemacht. Am Abend war er dann zusammengebrochen. Er hatte sich an den Küchentisch gesetzt, den Kopf auf die Arme gelegt und hemmungslos geweint. So hatte Adrian ihn nach der Arbeit vorgefunden. Während Kai seinem Geliebten die entsetzliche Nachricht überbrachte, fühlte er Wut in sich aufsteigen. Sein Erzeuger, dieser Verbrecher, war schuld. Er hatte ihn durch seine Missachtung gelehrt, dass er wertlos war, Dreck. Deshalb hatte Kai nicht auf sich aufgepasst und sich die tödliche Krankheit eingefangen. Jetzt war es zu spät. Nein, nicht für alles. Er sah Adrian in die Augen.

„Nimm dir Urlaub so viel du kriegen kannst. Wir fahren nach Sri Lanka, wo wir so glücklich waren. Den Rest meines Lebens will ich mit dir verbringen – im Paradies. Aber vorher muss ich noch eine Rechnung begleichen."

Am Tag darauf hatte Julia angerufen und ihm von dem geplanten Treffen mit ihrem Vater erzählt. Welch eine Gelegenheit! Nein, er glaubte nicht an Zufälle. Alles fügte sich.

Eine Familie, Vater, Mutter und zwei Jungen, etwa im Vorschulalter, überholte ihn, wobei die beiden Erwachsenen freundlich grüßten. Nicht ganz melodisch, aber voller Begeisterung schmetterten die Kinder „In der Weihnachtsbäckerei, gibt es manche Leckerei, zwischen Mehl und Milch macht so mancher Knilch eine riesengroße Kleckerei …"

Kai musste grinsen. So konnte man das auch beschreiben. Eine riesengroße Kleckerei. Uwe hatte ihn gewarnt. „Sei nicht dabei, wenn das Zeug anfängt zu wirken. Der Anblick ist nichts für jemanden mit schwachen Nerven." Das hatte er auch nicht vor. Ihm reichte es, irgendwann vom Ableben seines Vaters benachrichtigt zu werden. Gut, dass er Uwe hatte, den besten Freund, den er sich vorstellen konnte. Während Kai schweißgebadet durch den glitzernden Schnee stapfte, dachte er an das Telefonat zurück. Minutenlang hatte er in der Warteschleife mit der psychedelischen Musik gehangen, bis sich Uwes Sprechstundenhilfe endlich meldete. Sie hatte die Arbeit ganz bestimmt nicht erfunden. Wahrscheinlich störte er sie beim Nägellackieren oder bei einem Plausch mit der Freundin.

„Der Herr Doktor behandelt gerade einen Patienten. Er kann nicht gestört werden."

Kai fand ihre Stimme wie immer aufreizend tranig.

„Es ist dringend. Bitte richten Sie ihm aus, er möchte mich zurückrufen."

„Das kann aber bis zur Mittagspause dauern!"

„Ich warte."

Kai gab ihr seine Nummer und starrte das Telefon an. Wenige Minuten später meldete sich Uwe. Wie erwartet, reagierte er auf Kais Bitte zunächst schockiert.

„Ich bin Arzt. Das kannst du nicht von mir verlangen!"

„Bitte, Uwe. Denk an unsere gemeinsamen Jahre. Es ist mein letzter Wunsch!"

Schließlich gelang es ihm, den ehemaligen Geliebten umzustimmen.

Seine rechte Hand hielt das Fläschchen in der Manteltasche fest umschlossen.

„Gib die Flüssigkeit am besten in ein Getränk. Sie ist geruchs- und geschmacksneutral und entfaltet ihre volle Wirkung etwa eine Stunde später. Und: Das Gift lässt sich nicht im Körper nachweisen", hatte Uwe erklärt.

Kai ging am Restaurant ‚Völker' vorbei, das großformatige Fotos aus dem Sketch ‚Dinner for one' im Schaufenster ausstellte. Tausendmal stolpern, ohne auf die Fresse zu fliegen – beneidenswert! Aus dem nächsten Fenster sahen ihn Kühe an. Zwei schwarze irische Angus-Rinder blickten zufrieden, eine hellbraune Kuh mit prallem Euter wandte ihm das Hinterteil zu. Ein Atelier voller Kuhbilder – ob es im Jenseits auch was zu lachen gab?

Endlich gelangte Kai an einen Platz, umgeben von Restaurants und Cafés, der von dem weiß verputzten großen Rathaus dominiert wurde. Er ließ seinen Blick schweifen und entdeckte einige Meter entfernt das Wirtshausschild ,Weinhöfchen'. Das Weinlokal war ein schmales Haus in einer Reihe restaurierter Fachwerkhäuser. Als Kai den Gastraum betrat, sah er sie sofort. Sie saßen an einem kleinen Holztisch in der Ecke, Julia mit dem Rücken zum Fenster, der Erzeuger ihr gegenüber. Ein dritter Stuhl wartete auf ihn. Die beiden studierten die Speisekarte. Mit ihren rötlich blonden langen Haaren und ihrem zarten Gesicht wirkte Julia immer noch wie ein junges Mädchen, obwohl sie schon sechsunddreißig war. Schön sah sie aus in dem brombeerfarbenen Wollkleid. Sie blickte auf, als er sich dem Tisch näherte und lächelte.

„Da bist du ja!"

Er beugte sich zu ihr hinunter und küsste sie auf die Wange. Auch der Erzeuger legte die Karte beiseite und sah ihn an.

„Du bist also der Kai. Endlich lerne ich dich mal kennen."

,Du Arschloch! Ich bin dein Sohn und an mir lag es nicht, dass wir uns dreißig Jahre nicht gesehen haben!', kam es Kai in den Sinn.

Er forschte in dem mit Falten durchzogenen Gesicht des Alten nach Ähnlichkeiten. Ja, die großen braunen Augen, die hatte er Julia und ihm vererbt. Davon abgesehen, war er einfach ein fremder kleiner Mann mit schütterem Haar, durch das die Kopfhaut schimmerte. Er trug einen hellgrauen Anzug, ein weißes Hemd und eine rote Krawatte. Kai setzte sich und sah sich um. Alle Tische waren besetzt. Hinter der Theke füllte eine rundliche Frau mit kurz geschnittenem dichtem grauem Haar Gläser mit Sekt und Wein, während ein junger Mann in Jeans und Sportschuhen geschickt ein volles Tablett durch den Raum balancierte. Tannenzweige in bauchigen Vasen verströmten ihren Duft, der sich mit dem Geruch von Kaffee mischte. Leise sangen hohe Kinderstimmen „Ihr Kinderlein, kommet, o kommet doch all". Ja, die Kinder waren gekommen. Die Tochter, um den Vater in einer Geste der Versöhnung zu umarmen, der Sohn, um seinen Erzeuger ins Jenseits zu befördern.

„Und seht, was in dieser hochheiligen Nacht, der Vater im Himmel für Freude uns macht!"

O ja, Freude hatte er ihnen gemacht, der Vater. Kai war vier Jahre alt gewesen, Julia sechs, als sie aus der ländlichen Idylle in die Großstadt ziehen mussten. Keine Wiese mehr vor dem Haus, auf der sie mit ihren Katzen herumtollen konnten – stattdessen eine enge Wohnung im zwölften Stock an einer vierspurigen Straße. Wie oft hatte er sich am Fenster die Nase platt gedrückt, wenn er Ausschau nach dem Vater hielt, der nie kam. Er hatte ihm krakelige Kinderzeichnungen geschickt, sehnsüchtige Briefe geschrieben, ihn zum Geburtstag eingeladen. Anfangs hatte der Erzeuger noch zugesagt, ja, er werde kommen und Geschenke mitbringen. Aber das waren Lügen gewesen, die schließlich auch ausblieben.

„Sie servieren Mittagessen, aber man kann auch schon Kuchen bekommen", erklärte Julia.

Der Erzeuger nickte. „Ich weiß, was ich will."

„Ein Stück Kuchen reicht", murmelte Kai, ohne in die Karte zu sehen. Wirklichen Appetit hatte er schon lange nicht mehr verspürt.

Die rundliche Dame in ihrer weißen Tunika über einer schwarzen Hose fragte sie freundlich mit leichtem osteuropäischen Akzent nach ihren Wünschen.

„Hackbraten und ein großes Weizen bitte".

Julia blickte zu Kai hinüber.

„Ein Stück Käsekuchen und eine Tasse Kaffee".

Dann bestellte sie ein Stück Obsttorte und einen Cappuccino für sich und erkundigte sich bei der Kellnerin.

„Haben Sie noch diese leckere Spezialität, Bam…?"

„Bombardino – klar, den haben wir da. Immer in der Adventszeit und an Weihnachten."

„Dreimal, bitte, aber als Nachtisch", meinte Julia gelaunt und an Kai und den Vater gewandt: „Ich lade euch ein."

Bombardino – der passende Name für den Anlass, fand Kai.

Julia lehnte sich auf ihrem Stuhl zurück und sah ihren Vater an. „Erzähl – wie ist es dir so ergangen in all den Jahren?"

Der Mann seufzte.

„Ich habe schwere Zeiten durchgemacht, bin einsam und allein durchs Leben gegangen. Nie wieder habe ich eine Frau wie eure Mutter getroffen."

‚Du verlogener Dreckskerl!', dachte Kai. Von seiner Mutter wusste er, dass sein Erzeuger gleich nach der Scheidung seine Geliebte geheiratet hatte, und hatte er nicht gerade zum vierten Mal sein Jawort gegeben?

„Du hast studiert, sagst du?" Der Vater musterte Julia.

„Ja, Philosophie."

Er schien beeindruckt.

„Ich habe auch studiert. Und meinen Doktor gemacht", erklärte er. „Nach der Scheidung bin ich vor Kummer zur Fremdenlegion gegangen. Aber dort gefiel es mir nicht. Deshalb beschloss ich, in Frankreich Medizin zu studieren. Jetzt bin ich Arzt."

Kai war überrascht. Seine Mutter hatte erzählt, dass der Erzeuger die Hauptschule besucht, eine Lehre absolviert und dann zwölf Jahre Dienst in der Bundeswehr geleistet hatte. Mit der Abfindung hatte er seine Ausbildung zum Heilpraktiker finanziert. Er lebte und praktizierte in Heppenheim. Doch was kümmerte es ihn! Seine Zeit war zu kostbar, um sie mit Spekulationen über Wahrheit oder Lüge zu vergeuden.

Kai betrachtete die beiden Engelsflügel, die an der Natursteinwand seinem Platz gegenüber prangten. Dann fiel sein Blick auf einen Spruch auf der Weinkarte.

,Es gibt Flecken auf der Erde
Da küsst die Sonne den Boden
Und es gibt Orte,
da ist die Erde dem Himmel nah!'

Sri Lanka. Sonne und Meer. Er würde die Zeit, die ihm blieb, mit Adrian im Paradies verbringen. Die weinerliche Stimme seines Erzeugers riss ihn aus seinen Träumen.

„Wie habe ich euch vermisst. Aber ich konnte nicht bei euch bleiben."

Er senkte seine Stimme zu einem Flüstern. „Ihr wart in großer Gefahr."

Kai ahnte, was jetzt kommen würde, denn seine Mutter

hatte die Lügengeschichte ihres Exmannes tausendfach erzählt. „Feindliche Spione. Ich war damals ein hohes Tier bei der Abwehr. Irgendwie haben sie von euch erfahren, drohten, euch zu entführen und umzubringen. Ich musste mich von euch trennen, damit sie euch in Ruhe ließen. Eure Mutter ist immer mit einer geladenen Waffe in der Küchenschürze herumgelaufen, so viel Angst hatte sie."

Kai sah ihn an. Er hatte tatsächlich den panischen Blick eines verfolgten Menschen. Womöglich glaubte er selbst jedes Wort seiner Räuberpistole. Julia schwieg.

Doch Kai unterbrach ihn.

„Mal angenommen, deine Geschichte ist wahr. Das ist fast dreißig Jahre her… Irgendwann hättest du dich melden können…"

„Ich habe euch zuliebe nichts von mir hören lassen", behauptete der Erzeuger. „Kinder leiden, wenn ihr Vater wieder geht. Die ständigen Abschiede, die wollte ich euch ersparen. Glaubt mir, ich habe unter der Trennung noch mehr gelitten als ihr."

Kai starrte ihn ungläubig an, während Julia schnell das Thema wechselte.

„Wie läuft denn deine Praxis oder bist du schon im Ruhestand?"

„Ruhestand? Das ist nichts für mich. Ich werde arbeiten, bis ich tot umfalle."

‚Wie wahr!', dachte Kai.

„Hackbraten, ein großes Hefeweizen, Käsekuchen, Obsttorte, ein Kaffee, einmal Cappuccino … die Bombardinos bringe ich nachher".

Die Kellnerin stellte Speisen und Getränke vor sie hin.

„Was ist eigentlich drin in diesem Bombardino?", wollte

Julia wissen. ‚Immer für gute Stimmung sorgen‘, dachte Kai. ‚Harmonie, keinen Streit – so war sie, seine Schwester. Und erst recht heute, wo es um so etwas Wichtiges wie das zukünftige Vater-Tochter-Verhältnis ging …‘

„Eierlikör, Whisky, warme Milch und obendrauf ein Sahnehäubchen“, erklärte die Kellnerin. „Er wird Ihnen schmecken.“

„Entschuldigt mich einen Moment“, sagte der Vater, erhob sich und verschwand in Richtung Toilette.

Kaum war er um die Ecke gebogen, fragte Julia: „Was hältst du von ihm?“

„Er ist genau das Arschloch, das ich erwartet habe“, erwiderte Kai. Julias Augen blickten zweifelnd.

„Mama hat ihn uns zwar als Monster beschrieben, aber vielleicht ist er krank. Hast du seine Geschichte gehört? Ich glaube, er kann Realität und Fantasie nicht auseinanderhalten. Er verdient eine letzte Chance.“

„Krank! Du hast immer eine Entschuldigung für ihn. ‚Wie ist es dir denn so ergangen, lieber Papa?‘“, äffte er sie nach. „Wie ist es uns denn ergangen? Du hast mit über dreißig immer noch keinen Mann, aber eine Therapeutin, Mama ist an Tablettensucht gestorben und ich … Das ist alles seine Schuld. Nein, er hatte seine Chancen. Dreißig Jahre lang!“

Wütend wandte Kai sich ab.

Nachdem er seinen Platz wieder eingenommen hatte, begann der Vater wortlos, über seinen Teller gebeugt, Hackbraten, Bratkartoffeln und Salat in sich hineinzuschaufeln. Dabei leerte er sein Glas so zügig, dass Kai sich fragte, wie es ihm gelingen sollte, die Flüssigkeit unauffällig hineinzugeben. Zwar brauchte er die Hand mit dem geöffneten Fläschchen nur kurz über dem Bierglas schweben zu lassen, doch selbst eine solch kleine Geste würde seiner wachsamen Schwester nicht entgehen. Ohne es zu ahnen, kam der Erzeuger ihm zu Hilfe. Er griff nach der Aktentasche, die er neben seinem Stuhl abgestellt hatte und zog zwei Stapel Dokumente hervor. Den ersten legte er vor Julia hin. Um Platz für den zweiten zu schaffen, schob er sein Glas zur Seite, unmittelbar neben Kais Arm. Kai nutzte die Gelegenheit, hielt mit der Rechten die Papiere in die Höhe, sodass sie dem Vater für einen Augenblick die Sicht nahmen und goss mit der Linken den Inhalt des Fläschchens in das Bierglas. Julia bemerkte nichts, da sie sich bereits in die Lektüre vertieft hatte.

„Ihr müsst nicht alles durchlesen", drängte der Vater. „Unterschreibt einfach hier!" Damit fuhr er mit seinem ausgestreckten Arm über den Tisch, streifte das Bierglas und stieß es um. Kai erstarrte. Fassungslos sah er zu, wie sich die gelbe Flüssigkeit auf der Tischplatte ausbreitete. Julia nahm geistesgegenwärtig ihre Dokumente vom Tisch, griff nach einer Serviette und wischte das verschüttete Bier auf. „Ist ja nichts passiert", meinte sie leichthin. Kai spürte, wie das Blut aus seinem Gesicht wich und sein Körper anfing zu zittern. Entsetzt sah Julia ihn an.

„Kai, was ist los?" Sie sprang auf und legte ihren Arm um seine Schulter. „Ist dir nicht gut? Brauchst du einen Arzt?"

„Lass mich!", krächzte er heiser.

„Was regst du dich so auf? Das Glas war fast leer!", rief der Vater. Dann schob er Kai ein Blatt hin und reichte ihm einen Kugelschreiber.

Mechanisch setzte Kai seine krakelige Unterschrift unter das Dokument. Ihm war übel und er hatte nur den einen Wunsch, nach Hause zu fahren, zu Adrian. Doch Julia war mit ihren Bemühungen, sich mit ihrem Vater zu versöhnen, offensichtlich noch nicht am Ende.

„Wir haben uns so lange nicht gesehen", wandte sie sich mit einem warmen Lächeln an ihn. „Erzähl doch ein bisschen mehr von dir."

„Ja, also", begann der Vater, „da gibt es nicht viel zu erzählen. Mir geht es gut, ich habe eine neue Familie, wie ihr wisst. Auch ein Haus, einen Wohnwagen am Rhein und ein schönes Auto. Mir fehlt es an nichts." Julia wirkte enttäuscht.

„Wie ist das, Heilpraktiker zu sein? Du hast viel mit anderen Menschen zu tun…"

„Ach, das ist ein Job wie jeder andere. Aber" – zum ersten Mal lächelte ihr Vater. „Er hat durchaus seine komischen Seiten." Als er Julias fragenden Blick sah, fuhr er fort. „Du lernst die Menschen wirklich kennen. Das Unangenehme ist, dass du als seelischer Mülleimer missbraucht wirst. Da kommen sie und jammern, tagein, tagaus. Und du musst dir den ganzen Mist anhören und Interesse und Mitgefühl heucheln. Das ist anstrengend. Andererseits bringt es ganz schön was ein. Mich suchen oft die unheilbar Kranken auf, denen alle Ärzte gesagt haben, dass sie bald sterben müssen. Natürlich weiß ich, dass sie von mir das Gegenteil hören wollen. Also mache ich ihnen Hoffnung. Und sie schlucken es. Du kannst dir nicht vorstellen, wie blöd die Menschen sind."

Julia sah ihren Vater mit offenem Mund an.

„Aber wenn sie unheilbar krank sind, wie kannst du ihnen helfen?"

„Gar nicht. Ich tue nur so als ob. Und sie glauben mir alles."

„Ja, aber – wie behandelst du sie dann?"

Ein belustigtes Funkeln trat in die Augen des Mannes.

„Mit Vitaminspritzen! Ich verspreche ihnen, dass ich ihnen ein neues Medikament spritze, das sie heilen wird und sie zahlen horrende Summen dafür! Unglaublich, was?"

„Ja, unglaublich", hauchte Julia.

„Weißt du, für jemanden wie mich, der nie eine Chance in seinem Leben hatte, kommt der Geldregen wie gerufen", schloss er seine Ausführungen.

„Du irrst dich, auch du hattest eine Chance", widersprach Julia traurig. Doch der Vater hörte nicht mehr zu.

„Ich hab noch was vor …" Er erhob sich.

„Nur einen kleinen Moment!"

Julia sah ihn flehend an.

„Ich hole unsere Bombardinos. Bitte, einen Abschiedstrunk!"

Widerstrebend setzte er sich, während sie zur Theke eilte und kurz darauf mit einem Tablett, auf dem drei Tassen standen, zurückkehrte.

„Eierlikör, Whisky, warme Milch und obendrauf ein Sahnehäubchen", wiederholte sie die Worte der Kellnerin. Dann reichte sie ihrem Vater und Kai eine Tasse, erhob die ihre und rief: „Frohe Weihnachten!"

Der Vater leerte das Getränk in zwei Schlucken, nahm seine Aktentasche und wandte sich zum Gehen.

„Es war schön, mit euch zu plaudern. Danke für eure Kooperation. Hier, für die Auslagen."

Damit legte er einen Fünfzigeuroschein auf den Tisch, sandte noch ein Lächeln in die Runde und verschwand.

„Und wart nie mehr gesehen", kommentierte Kai den zügigen Abgang. Julia saß zusammengesunken auf ihrem Stuhl und starrte vor sich hin. Kai nahm ihre Hand. „Lass den Kopf nicht hängen, Schwesterherz. Mama hatte recht. Er ist ein Arschloch. Kümmere dich lieber um dein Glück!"

Der Wecker riss ihn aus dem Schlaf. Schon zehn Uhr. In vier Stunden ging ihr Flugzeug. Kai lauschte auf Adrians tiefe Atemzüge. Das Meer wartete. Sonnenuntergänge, Liebesnächte. Warmer Sand, kühles Wasser auf der Haut. Ein paar Wochen Seligkeit. Und dann … Er sah seinen Erzeuger mit seiner neuen Familie im Garten sitzen, die Kaffeetafel festlich gedeckt, Vater, Mutter, Sohn. Wut stieg in ihm auf. Während die genüsslich ihre Torte aßen, knabberten die Würmer an seinem Fleisch. Der Alte hatte es nicht verdient, das gute Leben! ‚Hör auf, daran zu denken!‘, befahl er sich. Zum Brötchenholen fühlte er sich zu schwach. Toast und Marmelade mussten genügen. Die Zeitung durchblättern – dann würde er Adrian wecken. Langsam stand er auf und ging zum Briefkasten. Gleich auf der ersten Seite blieb sein Blick an einem Foto hängen. Ein Schrotthaufen klebte an einer Leitplanke. Kai sah näher hin. Das war einmal ein Sportwagen gewesen. Vom Nummernschild konnte er die Buchstaben ‚HP‘ erkennen. Er las die Meldung neben dem Foto.

Tödlicher Unfall an Weihnachten
Aus noch ungeklärter Ursache verlor am gestrigen zweiten Weihnachtsfeiertag ein 64-jähriger Mann aus Heppenheim auf der B9 in Richtung Mainz kurz hinter Nackenheim die Kontrolle über sein Fahrzeug. Er fuhr zunächst ungebremst gegen die Betonmauer, welche die beiden Fahrspuren voneinander trennt und wurde anschließend von der Wucht des Aufpralls über die Fahrbahn gegen eine Leitplanke geschleudert. Der Fahrer war sofort tot. Nach Aussagen der Polizei ist noch ungeklärt, ob der Mann an einem plötzlichen Herzversagen starb oder am Steuer eingeschlafen war.

Kai ließ die Zeitung sinken. Sein Herz tat einen Sprung. Der Alte war tot! Es hatte ihn also doch noch erwischt! Welch ein Zufall!

Zufall? Oder …? In seinem Kopf erklang Julias Stimme. ‚Auch du hattest eine Chance.' Wie versessen sie auf den ‚Abschiedstrunk' gewesen war! Er sah sie aufspringen, um die Bombardinos zu holen, sah, wie sie ihrem Vater die Tasse reichte, anschließend auf ihrem Stuhl zusammensank und ins Leere starrte. Kai atmete tief durch. ‚Mensch Julia, Schwesterherz – ich glaube, ich habe dich unterschät

Alle Jahre wieder

SILVESTER UND DANACH

IM MÄUSETURM
Ella Daelken

Seine Füße waren eiskalt. Mit jedem Schritt tauchten seine Chucks in den Matsch ein. Der Schnee schwappte über die dünnen Turnschuhe, Ränder zeichneten sich auf dem ehemals weißen Stoff ab, an der Seite ging die Verleimung los. Es war lange her, dass Ben sie gekauft hatte. Zehn Jahre. Ein warmer Frühlingstag, der erste nach dem langen Winter. Er hatte an der Rheinpromenade gesessen, die Sonne schien auf sein Gesicht, wärmte seine Haut. Die Menschen waren wie befreit, lachten, ließen sich vom Frühling einfangen. Touristen standen am Wasser und blickten zum Mäuseturm hinüber, lauschten der Legende um Erzbischof Hatto, der dort bei lebendigem Leib von Mäusen gefressen worden sein soll. Stück für Stück dem Tod entgegen.

Ben hatte damals das Sterben des Erzbischofs nicht interessiert, er hatte nur die Versprechungen gespürt, die dieser Tag brachte. Er hatte sich so frei gefühlt, voller Erwartung, auf das, was das Leben ihm bieten würde.

Es war lange her.

Ben überquerte die Hafenstraße, wich einem hupenden Auto aus, sprang über den an der Seite aufgeschichteten Schnee, der durch die Abgase längst grau geworden war. Langsam wurde es dunkel. Aus manchen Fenstern strahlte noch die Weihnachtsbeleuchtung, glitzernde Sterne voller Wärme. In wenigen Tagen würden sie weggeräumt sein, vergessen, bis zum nächsten Jahr.

Am Rheinkai stand eine Gruppe Jugendlicher, in der Hand Sektflaschen und Hochprozentiges, die sie vorab auf das neue Jahr tranken. Sie lachten, flachsten herum. Einer warf einen Böller in die Luft, die anderen stoben kreischend auseinander.

Ben ging weiter, die nasse Hose klebte an seinem Bein. Er wählte den Weg durch den Park, Dunkelheit und Ruhe, bis die Burg Klopp unwirklich aus der Dämmerung erschien.

Die Türglocke klingelte sanft, als er das Restaurant betrat. Drinnen war es warm, gedämpfte Stimmen. Goldene Leuchter erhellten die groben Burgsteine, in einer Ecke ein altertümlicher Herd, an der Wand ein dunkles Relief.

Ben ließ seinen Blick über die Gäste gleiten, musterte jedes Gesicht. Sie war nicht da.

Er setzte sich in eine Ecke, von der aus er die Tür beobachten konnte. Marie würde kommen, er war sich sicher.

Ben bestellte einen Tee und schob unter dem Tisch seine Füße in Richtung Heizung. Vielleicht würden seine Schuhe etwas trocknen. Aber eigentlich war es egal. Was war jetzt schon noch wichtig?

Er beobachtete die Menschen, die hereinkamen. Zwei ältere Frauen, Steppjacke, Perlenkette. Sie bestellten einen Spätburgunder, fachsimpelten mit dem Kellner, ob der vom Gut Adelseck oder von Michael Teschke die bessere Wahl sei.

Als sich die Tür öffnete, fühlte Ben ein Stechen im Magen. Aber es war nur ein Mann in dunkler Jacke, der ihn kurz musterte und sich dann an den Nebentisch setzte.

Marie stand draußen und beobachtete Ben aus dem Schutz der Dunkelheit. Hinter ihr strich der Wind durch die kahlen Bäume. Durch die hellen Fenster konnte sie Ben gut sehen. Wie er gedankenverloren in einer Tasse rührte, die Menschen im Raum musterte, immer wieder zur Tür blickte. Die dunklen Haare fielen ihm dabei ins Gesicht.

Er wartete.

Auf sie.

Schließlich trat sie die Zigarette aus, atmete durch und ging hinein. Er erstarrte, als sie durch die Tür kam. Dann stand er auf, mit einer schnellen Bewegung, die sich Sekunden später in Hilflosigkeit wandelte. Seine Arme hingen herab, als ob er nicht wüsste wohin damit. Marie lächelte, dann umarmte sie ihn, grub ihre Nase tief in seinen Pullover. Er roch genauso gut wie damals. Erdig, fest, sicher. Wie hatte sie das vergessen können?

Sie wollte sich nicht von ihm lösen, nicht tun, was getan werden musste.

Und doch ließ sie ihn los.

Er hatte sie gleich wiedererkannt. Sie besaß noch immer dieses Lächeln, ein wenig überheblich, so als würde ihr nie jemand etwas anhaben können. Wegen dieses Lächelns hatte er sich damals in sie verliebt. Es war auf dem Sektfest gewesen, ein sonniger Tag, viele Menschen. Marie saß auf einer Mauer am Bürgermeister-Neff-Platz und trank Champagner, den sie zuvor ohne mit der Wimper zu zucken an einem der Stände gestohlen hatte. Als er sich neben sie setzte, musterte sie ihn. Dann deutete sie mit dem Kopf auf eine Frau, die eng umschlungen mit ihrem Mann Sekt probierte, kicherte. „Spießer. Langweilig, vorhersehbar." Sie nahm einen großen Schluck Champagner, „Irgendwann werden wir auch einmal so werden."

Sie hatte recht behalten. Mit ihrer Handtasche, dem Halstuch und dem teuren Kleid erfüllte sie ihre damalige Prophezeiung besser, als ihr vermutlich bewusst war.

Marie griff nach der Weinkarte und ärgerte sich, als ihre

Hand dabei leicht zitterte. Warum brachte Ben sie so aus der Fassung? Weil er immer noch diesen Blick hatte? Dunkelbraune Augen, undurchdringlich, sie gaben nur das von ihm preis, was er wollte.

Ben hatte sich schon immer gut beherrschen können, selbst im Gerichtssaal hatte er keine Miene verzogen. Immer wieder hatte sie zu ihm hinübergeschaut, auf eine Regung gewartet, einen Gefühlsausbruch, dass er aufsprang und seine Unschuld beteuerte. Aber er saß nur da, verfolgte wortlos die Anklage. Die Presse beschrieb ihn als kalt, jemanden ohne Gefühl. Doch Marie wusste es besser. Sie hatte seine Augen gesehen, als er verhaftet wurde. Sie waren voller Hass.

Es war dieser Blick, wegen dem sie heute hier war.

Der Tee verbrannte ihm die Zunge. Er war immer noch zu heiß. Ben stellte die Porzellantasse zurück, das Getränk schwappte über, lief auf die weiße Tischdecke.

Marie spielte mit einer Gabel, zog dünne Wege auf die Tischdecke, Kreise, Schlangenlinien, der Tee lief daran entlang.

„Sie haben dich also entlassen?" Ihre Stimme klang fremd, älter.

„Nur Freigang. Morgen muss ich zurück." Ben sagte es, obwohl er wusste, dass er nicht gehen würde. Zehn Jahre Gefängnis. Zehn Jahre war er den Anweisungen von Wärtern gefolgt, zehn Jahre hatte er versucht, Mithäftlingen aus dem Weg zu gehen. Er würde keinen weiteren Tag dort verbringen.

Heute war Silvester. Der letzte Tag im Jahr. Es würde der letzte Tag in seinem Leben werden.

Ein wenig bedauerte er, dass nicht Frühling war. Er hätte gern noch einmal das Grün der Bäume gesehen. Aber darauf konnte er nicht warten. Nicht mehr weitere Zeit mit diesen Gefühlen verbringen. Dem Hass. Und der Leere.

Marie legte die Gabel beiseite. Sie war nervös. Sie verabscheute das Gefühl, Angst zu haben, ausgeliefert zu sein. Seit Jahren fürchtete sie sich vor diesem Tag. Dem Tag, an dem er zurückkehren würde. Sie für ihn greifbar war.

Er war dünner geworden, dunkle Ränder hatten sich unter seinen Augen gebildet.

„Warum hast du damals geschwiegen?" Kaum, dass sie es gesagt hatte, ärgerte sie sich. Warum stellte sie diese Frage? Sie wusste doch die Antwort.

Marie spürte, wie sich eine Gänsehaut auf ihrem Rücken bildete. So wie damals, als die Polizei sie über den Tod ihres Stiefvaters informierte. Erstochen auf seinem Weingut, ein Arbeiter hatte die Leiche gefunden. Marie wurde verhört. Sie hatte sich seitdem nichts vorgemacht. Irgendwann würde herauskommen, was gewesen war. Dass ihr Stiefvater in ihr Zimmer gekommen war, jede Nacht seit dem Tod ihrer Mutter. Dass sie es Ben gesagt hatte. Dass Ben ihren Stiefvater zusammengeschlagen hatte.

Marie drehte sich nach der Kellnerin um, winkte mit erhobener Hand, wirkte wie eine Prinzessin, die ihr Volk grüßte. Wie die Zeit die Menschen veränderte. Gerade glaubte Ben noch sie zu kennen und plötzlich erschien sie im fremd. Er versuchte sich zu erinnern. Wie er vom Mäuseturm zurück in seine Wohnung gegangen war. Wie sie dort auf ihn wartete. Sie war so traurig gewesen, hielt sich an ihm fest, vergrub ihre Nase in seinen Pullover. Dann war sie im Bad verschwunden.

Der Ausdruck in seinen Augen gefiel ihr nicht. Er versuchte harmlos zu wirken, doch Marie spürte das Lauern. Den Hass. So wie damals, als die Polizei sein Hemd fand. Unter der Dreckwäsche im Badezimmer, übersät mit dem Blut ihres Stiefvaters.

Die Kellnerin kam und Marie bestellte zwei Gläser Wein, Grauburgunder, vom Weingut ihres Stiefvaters, das inzwischen ihr gehörte. Sie spielte mit dem silbernen Zigarettenetui, darauf das Wappen ihrer Familie. Sie merkte, wie der Mann vom Nebentisch ihrer Bewegung folgte und die Stirn runzelte. Provozierend ließ sie das Zigarettenetui aufschnappen, ihre Finger glitten langsam über die Zigaretten. Sie lächelte. Es würde alles gut werden, sie war es gewohnt, einen kühlen Kopf zu bewahren und zu handeln. Schon einmal hatte sie gehandelt. Damals hatte der Tod ihres Stiefvaters ein Opfer verlangt und sie war bereit gewesen, es zu geben. Auch wenn sie Ben mehr geliebt hatte als alles andere. Und heute würde sie ihn nochmals opfern.

Sie fühlte die Ampulle zwischen ihren Zigaretten.

Die Kellnerin brachte den Wein. Ben nickte ihr zu, ließ sich einschenken, nahm einen Schluck. Der Wein schmeckte aromatisch, hinterließ ein angenehmes Gefühl auf der Zunge. Ben blickte hinaus durch das Fenster auf die Bäume, dahinter die Stadt. In einiger Ferne gingen erste Raketen in die Luft, zersprangen zu Tausenden von Lichtern. Er schloss die Augen. Atmete durch.

Dann bückte er sich, um sein nasses Schuhband zuzubinden. Klebrig blieb es an seinen Fingern hängen. Er spürte die Angst seinen Nacken entlangkriechen.

Als er sich wieder aufrichtete und in ihre Augen sah, wusste er, dass sie es getan hatte. Es war nicht anders zu erwarten gewesen. Trotzdem hatte er gehofft, sie würde es nicht tun.

Ben sah den Mann am Nebentisch aufstehen. Kommissar Lohmeyer. Er hatte damals ermittelt und nie glauben können, dass Ben den Mord begangen hatte. Doch für die Staatsanwaltschaft hatte Bens Täterschaft außer Frage gestanden, das Hemd als entscheidendes Indiz.

Marie würde jede Sekunde im Gefängnis hassen. Das Eingesperrtsein, den Verlust von jeglicher freien Entscheidung, den täglichen Zwang. Jeder Tag eine Qual, jeder Tag wie ein Stück Bei-lebendigem-Leib-gefressen-werden, von Mäusen angenagt.

Ben schwenkte den Wein. Ein goldener Film hatte sich darauf ausgebreitet. Er war müde, er war schon so lange müde.

Als er das Weinglas an die Lippen hob, sah er Maries zufriedenen Gesichtsausdruck. Hinter ihr blickte Kommissar Lohmeyer Ben entsetzt an.

Ben lächelte entschuldigend. Für Mord gab es mehr Jahre als für Mordversuch.

Er trank den Wein in einem Zug aus.

TÄGLICH KOMMT DER WEIHNACHTSMANN
Frauke Schuster

Er saß im Wohnzimmersessel, gegenüber der lebensgroßen, mürrisch lächelnden Weihnachtsmannfigur und starrte Luzia geradezu feindselig an.

„Ich hab Nein gesagt!"

„So teuer wärs gar nicht …" Luzia dachte an das kleine Reh in der Gartenhütte, das zarte Fell, die entzückende Nase. So was durfte man nicht einfach wegwerfen!

„Nein! Und Ende der Diskussion! Was, glaubst du, würden meine Kollegen denken?"

Deine ehemaligen Kollegen, verbesserte Luzia lautlos. Schließlich war Harald seit Kurzem in Pension. Und seither quälte sie manchmal der Verdacht, dass er seine Autoritätsgelüste nun an ihr statt an den Schülern auslebte.

„Sie müssten es ja nicht erfahren."

„Hörst du schlecht? Ich hatte gesagt ‚Ende der Diskussion'!" Mühsam hievte sich Harald aus dem Sessel – sein Bauch war fast so ansehnlich wie der des Plastikweihnachtsmanns – und verließ das Zimmer. Fünf Minuten später knallte er die Haustür zu.

Flüchtete er also mal wieder zu seinem Ehemaligen-Zirkel? Der sich fast jeden Tag ab drei Uhr in der Weinstube an der Selz traf, über Politik diskutierte und unter dem Einfluss von ein paar Viertelchen die Probleme der Welt löste. Ein nettes Freizeitvergnügen, gewiss, aber warum schaffte Harald es nicht, auch mal Verständnis für das Hobby seiner Frau aufzubringen?

Egal, dachte Luzia trotzig. Hier in Gau-Odernheim wirds wahrscheinlich sowieso keinen geeigneten Kurs geben. Aber ich werde schon eine Lösung finden …

Wie so oft erwies sich das Internet, dessen Bedienung Luzia erst kürzlich und nur widerwillig erlernt hatte, als die Info-Quelle schlechthin. Nur einen Tag später lieferte die Eilpost bereits die bestellten Chemikalien, für die Luzias spärliches Taschengeld gerade reichte. Mit seltener Ungeduld wartete Luzia darauf, dass ihr Mann das Haus verließ. Und begab sich dann, mit Messer, Schere, Skalpell und der Batterie Chemikalienflaschen bewaffnet, in die Gartenhütte, wo das Reh auf sie wartete.

„Mach dir keine Sorgen", flüsterte sie ihm zu. „Ich weiß nicht, wer dich totgefahren und liegen gelassen hat, aber ich werde mir alle Mühe geben, dass du mindestens so hübsch aussiehst wie vor dem Unfall." Liebevoll strich sie über das eiskalte Fell. Einen Vorteil hätte es immerhin, in der ungeheizten Hütte arbeiten zu müssen: In der vorweihnachtlichen Kälte würden die unvermeidlichen Gerüche weniger intensiv ausfallen.

„Bist du verrückt geworden? Ich hatte gesagt, du sollst das Vieh wegschmeißen!" Luzia hatte das Reh in eine Ecke gestellt, weil ihr die linke Flanke nicht ganz so gut wie erhofft gelungen war. Und kaum hatte ihr Mann das Tier im Wohnzimmer entdeckt, verfärbte sich sein Gesicht zu einem unschönen Tomatenrot. Das einen interessanten Kontrast zu dem üppigen Bart ergab, den Harald mit unendlicher Hingabe pflegte. „Du weißt genau, dass ichs nie hier haben wollte!"

„Ich könnts ins Schlafzimmer umsiedeln", bot Luzia an. Und besserte, mit einem Blick auf die Miene ihres Mannes, schnell nach: „Oder vielleicht in den Korridor?"

„Im Garten eingraben sollst dus!", schimpfte Harald. Misstrauen zeichnete sich auf seinen Zügen ab: „Woher hast du überhaupt das Geld für einen Tierpräparator-Kurs? Hast du für diesen … Unfug etwa die Haushaltskasse geplündert?"

„Ist auch ohne Kurs gegangen." Luzia empfand den Stolz einer Künstlerin auf ihr gelungenes Werk. „Mit einer Anleitung aus dem Internet. Du sagst selbst immer, dass man im Netz alles findet. Die linke Seite ist zwar ein bisschen bucklig, weil ich mit der angefangen habe und mir noch die Erfahrung fehlte. Aber so, wie das Tierchen steht, fällt das sicher niemandem auf."

Harald sank in seinen Sessel und schlug für einen Moment die Hände vors Gesicht. Als er sie wieder herunternahm, hatte sich der Rotton seiner Haut zu einem matten Lachsrosa abgeschwächt. Sein Blick glitt von dem ausgestopften, mit Kunstschnee bepuderten Reh zu dem riesigen Schlitten aus Holzgeflecht, auf dem sich neben einer kleinen künstlichen Fichte eine Vielzahl Kartons stapelte: Pseudo-Geschenke, in rosafarbene Glanzfolie verpackt. Unter der Wohnzimmerdecke schwebten Engelsfiguren in verschiedenen Größen, sorgfältig gestaltet aus Draht, Stoff und meterweise Goldfolie für die Flügel. Einer der Engel spielte Trompete, ein anderer hielt eine Flöte in der Hand, ein dritter schwenkte eine Bronzelaterne mit flackernder LED-Kerze. Neben dem Sofa, auf verschneitem Kunstrasen, ästen die zu dem Schlitten gehörenden Rentiere. Dort versperrten sie den Weg zum Fernseher, der sich deshalb nur über die mit einem Stechpalmenzweig verzierte Fernbedienung einschalten ließ. Von sämtlichen Vorhangstangen baumelten Girlanden aus Kunstfichte und Mistelzweigen und das Bücherregal wurde von fünf Weihnachtsmännern bewacht. Die, sobald man ihnen zu nahe trat, eins von vierzehn einprogrammierten Weihnachtsliedern schmetterten.

Hätte sich Luzias Dekomanie auf das Wohnzimmer beschränkt, hätte Harald sich möglicherweise sogar damit abgefunden. Doch unglücklicherweise hatte sich auch das Schlafzimmer längst in ein Weihnachtswahnsinnland mit Rentier-Bettwäsche, pinkfarben gekleideten Engeln und einer Riesenkrippe mit einem breitschultrigen Josef und einer dauerlächelnden Maria verwandelt. Das einzige Wesen, das außer Luzia in dem Schwulst aus Gold, Rosa und Kunstschnee friedlich schlummern konnte, war das von einer wohlgenährten Schlafaugen-Babypuppe dargestellte Jesuskind. Und das bereits seit Anfang Juli.

Als Harald wieder zu seiner Frau hinübersah, schien Luzia ihn völlig vergessen zu haben. Sie hockte vor dem Reh und ordnete mit kindlicher Freude getrocknete Moosplacken um die zarten Hufe.

Kindlich. Wie ein kleines Kind. Und kleine Kinder können nicht vernunftgemäß handeln, Folgen und Tragweite ihrer Aktionen nicht überschauen. Wer sich auf Dauer zu kindlich – oder auch kindisch – benimmt, ist schlichtweg verrückt. Passt nicht in die normale, rational handelnde Gesellschaft.

Und würde eine normale Frau ihren nach zig aufreibenden Berufsjahren endlich seine Pension genießenden Gatten nicht mit Freuden pflichtgemäß verwöhnen? Anstatt all ihr Geld und ihre Restenergie darauf zu verwenden oder vielmehr daran zu verschwenden, das gemeinsame Haus von Juli bis April in eine kitschige Weihnachtsszenerie zu verwandeln?

„So kanns nicht weitergehen!" Harald musste an sich halten, um nicht zu schreien. „Ich ertrag das nicht mehr, zehn Monate im Jahr von Rentieren, Weihnachtsmännern und Engeln belagert zu sein!"

Luzia lachte, als hätte er einen Scherz gemacht. Oder, als habe sie nicht richtig zugehört. „Es wird von Jahr zu Jahr hübscher, findest du nicht? Was ich noch gern hätte, damit Bambi sich in seinem Eck nicht einsam fühlt, wären ein paar Eichhörnchen. Zwei oder drei, in der Gruppe sind sie am niedlichsten. Was denkst du?"

„Dass ich das nicht mehr lange mitmachen werde!", knurrte er. „Dass es Mittel und Wege gibt, mit denen ich verhindern kann, dass unser Haus, das von meinem Geld erbaute Haus, zu einem Weihnachtsgruselkabinett verunstaltet wird!"

„Gefällt dir unser Rehlein nicht?" Schützend legte Luzia eine Hand auf den schmalen Tierkopf. „Aber warum? Es ist so putzig." Sie warf einen Blick in Richtung Arbeitszimmer, wo der Computer stand. „Die Eichhörnchen könnte ich über Internet-Auktionen besorgen. Wäre das nicht am einfachsten?"

„Das werde ich zu verhindern wissen!" Die Drohung in Haralds Stimme kam so deutlich rüber, dass sie sogar durch Luzias Seligkeit drang.

„Was meinst du damit, Liebling?"

Doch er blieb die Antwort schuldig, stapfte aus dem Haus und schlug die Tür so fest zu, dass sämtliche Glöckchen am Rentierschlitten klingelten. Luzia lächelte und eilte an den Computer, neben dessen Monitor sie ein Kerzengesteck mit betenden Engelchen arrangiert hatte.

Der Bildschirmschoner mit den fliegenden Rentieren verschwand, als Luzia nach der Maus griff, und das Sound System mit den ersten Takten von *Alle Jahre wieder* begann. Im gleichen Moment klingelte es an der Haustür zur Melodie von *Stille Nacht*.

„Kommen Sie herein, bitte! Wer hat Ihnen von mir erzählt?"

„Eine Nachbarin." Neugierig sah sich der Reporter im Flur um. „Immer nur Berichte über den Adventsmarkt, das wird für unsere Leser irgendwann langweilig, deshalb freuen wir uns sehr, dass Sie uns diesen Einblick in Ihre private Vorweihnachtsstimmung erlauben."

Stolz führte Luzia den Besucher durch das Haus. Die Fotografin, die mit ihrem Ungetüm von Kamera hinter dem Reporter herlief, schoss Bild um Bild.

„Sieht nach einer Menge Arbeit aus. Wann müssen Sie denn immer anfangen, um das Haus so perfekt für die Adventszeit vorzubereiten?"

„In der Regel im Juli ..."

Entgeistert starrten die beiden sie an. „Unterstützt Sie Ihr Mann bei diesem – äh – doch sehr aufwendigen Projekt?", erkundigte sich die Fotografin schließlich, als Luzia ihre Gäste zurück ins Wohnzimmer lotste. Dort servierte sie ihnen den vorbereiteten Glühwein, selbstverständlich in ihren Lieblingsweihnachtsgläsern mit dem pinkfarbenen Schneeflocken-Design.

„Nun ja ..." Wie so oft in den letzten Tagen, hatte Luzia die Existenz ihres Mannes beinahe komplett verdrängt. Wenn Harald nur ein bisschen mehr Verständnis zeigen würde!

Geschickt umschiffte sie die unangenehme Frage mit einem Scherz und bot ihre selbst gebackenen Lebkuchen und Kokosmakronen an.

Vielleicht war einer der Chefredakteure insgeheim selbst ein Weihnachtsjunkie. Jedenfalls erschien der Artikel über das üppig dekorierte Haus in der Silvaner Straße nicht erst wie geplant in der letzten Adventswoche, sondern schon am übernächsten Tag.

„Bist du komplett übergeschnappt?!", schrie Harald seine Frau über den Rand der Kaffeetasse hinweg an, nachdem er genau siebenunddreißig Sekunden lang mit vor Entsetzen aufgerissenen Augen auf die erste Seite der Lokalzeitung gestarrt hatte. „Wie konntest du diesen Schmierenreporter ins Haus lassen?"

Rasch beugte sich Luzia über die Allgemeine Zeitung. Ihre Augen begannen zu glänzen.

„Wie wunderbar die Fotos geworden sind, Harald, Liebling! Ich hatte ein bisschen Sorge wegen des Lichts …" Strahlend blickte sie zu ihm hinüber. „Tut gut, seine Arbeit mal richtig gewürdigt zu wissen, nicht wahr?"

„Diese dämlichen rosa Engel über unserem Bett … Ich werd mich im Ort nirgends mehr sehen lassen können", stöhnte Harald. Allein beim Gedanken an das Gelächter der Exkollegen krampfte sich sein Magen zu einem Klumpen zusammen, der wie völlig unweihnachtliches Blei in seiner Bauchhöhle hing.

Nachdem Harald unter finsteren Drohungen – „Hier wird sich demnächst einiges ändern, warts nur ab!" – aus dem Haus gestürmt war, studierte Luzia den Artikel ein zweites Mal. Und ein drittes. Betrachtete erneut die Bilder, eins nach dem anderen. Das Rehlein kam wirklich niedlich rüber, mit dem glitzernden Schnee auf dem Fell und den seelenvollen Glasaugen. Auch die Rentiere zeigten sich von ihrer vorteilhaftesten Seite. Nur der Wohnzimmer-Weihnachtsmann im Sessel! Mit dem war sie absolut nicht zufrieden. Aber daran trug die Fotografin keine Schuld. Der Weihnachtsmann bereitete Luzia schon seit Längerem Unbehagen. Sein Gesichtsausdruck passte nicht; das Lächeln schien eher grimmig als festtagsfroh. Was vor allem am Bart lag. Diese künstlichen Bärte sahen irgendwie immer so unnatürlich aus. Kein Wunder, dass der Weihnachtsmann so miesepetrig dreinschaute, als ob er auf Reißzwecken säße.

Luzias Gedanken drifteten zu Harald. Sein Bart wäre perfekt für einen Weihnachtsmann, auch wenn sie das nie laut aussprechen durfte. Überhaupt … Harald … Warum stellte er sich in letzter Zeit zunehmend quer? Wo gerade Weihnachten eine Zeit der Liebe und des Friedens sein sollte. Ihr Harald machte Luzia mindestens so viel Sorgen wie der Weihnachtsmann.

Nachdenklich schnitt Luzia den Zeitungsartikel aus, überlegte, wo sie ihn aufbewahren sollte. Am liebsten würde sie ihn ins Fotoalbum kleben, aber so wie Harald an diesem Morgen gewettert hatte, war das vermutlich keine gute Idee.

Wieder überflog sie den Artikel, freute sich an den Bildern. Vielleicht durchlebte Harald bloß eine ungünstige Phase? Nach ein paar Tagen würde er die Sache bestimmt positiver sehen. Und ebenso stolz auf den Bericht sein wie sie selbst. Luzia entschied sich dafür, das Blatt vorübergehend in ihrer Dokumentenmappe zu verstecken, die Harald kaum jemals zur Hand nahm.

Sie suchte die Mappe im Wohnzimmerschrank, doch sie lag nicht an ihrem üblichen Platz. Hatte Harald sie umgeräumt? Und wohin? In den Schreibtisch in seinem Arbeitszimmer etwa, hinter den Kunststoffengeln? Luzia manövrierte sich vorsichtig an den mannshohen Figuren vorbei, zog die oberste Schublade auf: Nichts. Auch in der zweiten Schublade wurde sie nicht fündig. Doch in der untersten – tatsächlich! Luzia zog die rote Mappe heraus und wollte die Schublade bereits wieder schließen, als ihr Blick ein paar

Worte auf dem amtlich aussehenden Formular erfasste, das sich ganz unten verborgen hatte.

Die Mappe entglitt Luzias Hand, fiel unbeachtet auf den Boden. Mit bebenden Fingern griff Luzia nach dem Blatt und sämtliche Buchstaben zitterten mit ihr. Sie brauchte eine geraume Weile, bis ihre Hand sich so weit beruhigte, dass sie den Text lesen konnte. In ihrem Gehirn begann sich alles zu drehen, ein verrücktes Karussell aus Rentieren, Weihnachtsmännern, Engeln und schrecklichen Worten in schwarzen Lettern. Luzia sank auf den Ledersessel und wusste, dass selbst sie, die Meisterin der Verdrängungskunst, das hier nicht verdrängen konnte.

Bei seiner Rückkehr bemühte sich Harald, eine missbilligend strenge Miene zur Schau zu stellen, obwohl ihn die geruhsamen Stunden in der Kollegenrunde längst milder gestimmt hatten. Natürlich hatte es Spötter gegeben, doch zu Haralds Überraschung auch ein paar männliche Weihnachtsfanatiker. Den Müllerdorf zum Beispiel, der nach einem Winterurlaub in den USA vor drei Jahren sein Haus in der Adventszeit stets derart überreichlich mit Lämpchen und Lichterschlangen bestückte, dass sich die Nachbarn beschwerten: Sie konnten bei so viel nächtlicher Helligkeit nicht schlafen.

Und als Luzia lächelnd das Essen auftischte, knusprige Entenbrust mit Rotkohl und Kartoffelnudeln, überlegte Harald, ob er den Antrag auf Entmündigung – oder Betreuung, wie es sich heutzutage nannte – wirklich einreichen musste. Vielleicht könnte er stattdessen mit Luzia aushandeln, dass er sich wenigstens sein Arbeitszimmer nach eigenem Gutdünken einrichten und als komplett weihnachtsfreie Zone gestalten durfte. Denn als Entmündigte würde

Luzia sich vielleicht weigern, weiter für ihn zu kochen und zu backen, und für die Küche hatte sie unzweifelhaft ein begnadetes Händchen. Auch wenn seiner Ansicht nach ein bisschen zu oft Weihnachtsgans auf dem Tisch stand. An diesem Tag jedenfalls schien sich seine Frau, möglicherweise infolge der Auseinandersetzung vom Morgen, zur Höchstform aufgeschwungen zu haben. Nur das Lebkuchenparfait, das sie ihm als Nachspeise servierte, hatte einen eigenartig bitteren Nachgeschmack. Harald erwähnte ihn großzügigerweise nicht, sondern spülte ihn mit einem Cognac hinab.

Als Luzia schließlich das Geschirr in die Küche trug, streckte sich Harald auf dem Sofa aus, von einem unerwarteten Müdigkeitsanfall überwältigt. Eine Folge des Stresses der vergangenen Tage? Luzia brachte ihm eine Decke, weiß mit pinkfarbenen Elchen, doch er konnte kaum mehr die Augen offen halten, um ihr für die Fürsorglichkeit zu danken.

Monate später suhlte Luzia sich noch immer im Mitleid der Nachbarinnen, wenn sie schilderte, wie Harald Knall auf Fall ausgezogen war, vermutlich aufgrund einer Dritter-Frühling-Krise. Einige seiner Exkollegen riefen an, um sich zu beschweren, dass er sich nicht von ihnen verabschiedet hatte. Aber Luzia, getragen von einer inneren Ruhe und dem jetzt allumfassenden Weihnachtsfrieden im Haus, wusste alle zu besänftigen und schickte ihnen Flaschen mit selbst gemachtem Glühwein zum Trost.

Harte Wochen lagen hinter ihr, denn um keinen Verdacht zu erregen, hatte sie auf die Hilfe eines lauten Presslufthammers verzichtet, hatte den Kellerboden mit einem gewöhnlichen Hammer und simplen Meißeln ausgehöhlt. Und auch das Herunterschleppen der Zementsäcke war für eine zierliche Frau wie sie eine Heidenarbeit gewesen. Doch Luzia hatte sich für das Projekt viel Zeit genommen, und selbst wenn der frische Boden ein bisschen wellig war, konnte sie mit dem Ergebnis zufrieden sein: Seit sie das Weinregal auf der frisch betonierten Stelle platziert hatte, würde niemand merken können, dass der unschuldige Keller ein mörderisches Geheimnis barg. Zusammen mit einer leeren Packung Schlaftabletten und dem besten Stollenmesser.

Vor allem aber freute sich Luzia über das nun lebensechte Aussehen des Wohnzimmer-Weihnachtsmanns. Der üppige Bart, mit Wasserstoffperoxid gebleicht, stellte sämtliche Kunstbärte weit in den Schatten. Hatte Luzia nicht immer gewusst, dass Harald genau den richtigen Bart für einen Weihnachtsmann trug?

DIE AUTORINNEN UND AUTOREN:

Vera Bleibtreu alias Angela Rinn
entstand im selben Jahr wie die Berliner Mauer, erwies sich jedoch als haltbarer. Sie lebt seit 1993 in Mainz und kann sich seitdem ein Leben ohne Rhein, Wein und Meenzer nicht mehr vorstellen. Ihre Brezeln verdient sie als Pfarrerin in Gonsenheim. Zuletzt veröffentlichte sie „Schneezeit. Ein Krimi" (Leinpfad Verlag 2011).

Ella Daelken
wurde in einem malerischen Kurort am Rande des Teutoburger Waldes geboren, studierte Geschichte und Germanistik in Osnabrück und Nottingham und arbeitet seit zwölf Jahren in Düsseldorf als Öffentlichkeitsreferentin. Neben Fachpublikationen hat sie Kurzgeschichten in Anthologien veröffentlicht. Zweiter Preis beim ersten Sylter Kurzgeschichtenpreis 2013.

Franziska Franke
in Leipzig geboren, hat nach ihrer Schulzeit, die sie in Essen, Schwetzingen und Wiesbaden verbrachte, an den Universitäten von Mainz und Frankfurt Kunstgeschichte, Klassische Archäologie und Kunstpädagogik studiert. Sie hat bisher fünf historisch basierte Kriminalromane veröffentlich, darunter den in römischer Zeit spielenden Roman „Der Tod des Jucundus" (Leinpfad Verlag 2011).

Britt Glaser
*1971, lebt im Ruhrgebiet. Ein Autorenstudium wurde 2009 bei der SGD erfolgreich absolviert. Sie ist Mitglied der „Mörderischen Schwestern e.V." sowie im Freien Deutschen Autorenverband. Ihre Geschichten und Gedichte sind in Anthologien erschienen. 2011 erreichte sie den 2ten Platz beim „Dorstener

Lesezeichen". Beim 3. Dorstener Lyrikpreis 2013 schaffte es ihr Gedicht unter die 10 besten.

Gina Greifenstein
geboren 1962 in Nürnberg/Bayern, aufgewachsen in Würzburg/Bayern-Unterfranken, zunächst staatlich geprüfte Hauswirtschafterin, dann Studium Pädagogik für die Hauptschule an der Universität Würzburg, seit 1998 freie Schriftstellerin, seit 2010 Mitglied im „Syndikat", lebt in Barbelroth/Pfalz

Jürgen Heimbach
wurde 1961 in Koblenz geboren; studierte Germanistik und Philosophie in Mainz, arbeitet seit 1996 als Redakteur bei 3sat und dem ZDFtheaterkanal; er lebt mit seiner Familie in Mainz. Zuletzt hat er den Krimi „Unter Trümmern" (2012, Pendragon Verlag) veröffentlicht

Heidrun Immendorf
1962 geboren in Aachen, dort auch Studium der Germanistik und Geschichte, danach Redakteurin im Hörfunk bei WDR, SFB und Radio FFH. Sie lebt in Bremen, arbeitet unter anderem als Dozentin für kreatives Schreiben an der Uni Bremen und veröffentlicht regelmäßig Kurzkrimis in Anthologien.

Simone Jöst
ist Krimiautorin und lebt im Odenwald. Sie absolvierte ein Belletristikstudium und publizierte zahlreiche Kurzgeschichten in Anthologien. Sie sammelte Erfahrungen im Verlagswesen, veranstaltet Lesungen, ist Herausgeberin diverser Krimibände und Mitglied bei den „Mörderischen Schwestern". Darüber hinaus vergisst sie schon mal, dass sie selbst keiner Fliege etwas zuleide tun kann.

Wolfgang Kemmer,
geboren im Hunsrück, studierte Germanistik, Anglistik und Angloamerikanische Geschichte und arbeitete anschließend als Lektor in einer Literatur-Agentur. Heute lebt er als freiberuflicher Autor und Redakteur mit seiner Familie in Augsburg. Er ist Herausgeber mehrerer Krimi-Anthologien und betreut seit Jahren den Kurzkrimi-Podcast für www.jokers.de.

Richard Lifka
geboren 1955 in Wiesbaden. Studium Germanistik, Politik, Geschichte und Soziologie in Mainz und Frankfurt am Main. Von 1983 bis 1989 Dozent an der Universität in Iasi / Rumänien für Literaturwissenschaft und Deutsche Kulturgeschichte. Seit 1990 selbstständig als freier Autor und Journalist. Mitglied im „Syndikat", schreibt Kriminalromane, Erzählungen und Kurzkrimis. Seit 2007 leitet er Schreibwerkstätten zum Thema „Krimischreiben". Aktueller Kriminalroman: „Doppelkopf", Brücken Verlag, Wiesbaden.

Heidi Moor-Blank
Die Schreiblust war Ventil während des Rückzugs ins reine Mutterleben. Unterstützung und Inspiration gab die Mitgliedschaft bei den „Mörderischen Schwestern". Nach der Rückeroberung des Arbeitsplatzes in einem Softwarehaus bleibt nur noch wenig Freizeit – deshalb reicht es ‚nur' für Krimi-Kurzgeschichten. Schließlich muss noch genügend Zeit bleiben für die weiteren Hobbys: Theater bei der „Kleinen Bühne Landau" und schwimmen und tauchen, wann immer es geht.
www.heidi-moor-blank.de

Sarah Geraldine Nisi
geboren 1979 in Hildesheim; Wirtschaftsjuristin; hat viele Jahre in Düsseldorf gelebt und gearbeitet. Während ihres Studi-

ums führte ihre Begeisterung für andere Kulturen und Fremd-
sprachen zu Aufenthalten in Frankreich und England. Zurzeit
lebt sie in London und studiert dort „Creative Writing" an der
Universität. In den letzten Jahren erfolgten zahlreiche Veröffentlichungen ihrer Kurzgeschichten in Anthologien verschiedener
Verlage. Sie ist Mitglied bei den „Mörderischen Schwestern".

Claudia Platz, Mitherausgeberin
lebt und arbeitet als freie Autorin in Gau-Bischofsheim. Neben
Kurzgeschichten und Krimis schreibt sie historische Romane
und ist Mitglied in den Autorenvereinigungen Mörderische
Schwestern, Mörderisches Rheinhessen und Syndikat. Mehr
unter www.claudiaplatz.de

Petra Scheuermann
geb. 1959 in Frankenthal/Pfalz, lebt in Mannheim. Berufe:
Autorin, Dipl.-Sozialarbeiterin, Heilpädagogin und Erziehe-
rin. Veröffentlichungen in mehreren Anthologien. 2011 und
2012 ausgezeichnet bei den Literaturpreisen der „Buchmesse
im Ried". 2. Vorsitzende des Literarischen Zentrums Rhein-
Neckar e.V. „Die Räuber 77" und Mitglied der „Mörderischen
Schwestern". www.petrascheuermann.de

Regina Schleheck
* 1959, lebt bei Köln. Hauptberuf: Oberstudienrätin, daneben fünffache Mutter, Referentin, Herausgeberin, vielfach
ausgezeichnete Autorin von Kurzprosa und Hörspielen, zuletzt
mit dem Friedrich-Glauser-Preis 2013 Sparte Kurzkrimi, gehört den „Mörderischen Schwestern" und dem „Syndikat" an.
www.regina-schleheck.de

Gabriele Scholtz
wurde 1955 in Mainz geboren, hat Anglistik, Germanistik und

Philosophie studiert, zwei erwachsene Kinder und arbeitet als Lehrerin in Hofheim, wo sie auch lebt.

Angelika Schröder
wurde 1955 in Westfalen geboren, studierte Pädagogik und Völkerkunde. Während ihrer Aufenthalte in Asien verfasste sie diverse Reiseberichte für die Heimatzeitung. Heute lebt sie im Sauerland, arbeitet hauptberuflich als Grundschullehrerin und hat außer zahlreichen Kurzgeschichten fünf Kriminalromane sowie einen SF-Roman veröffentlicht.

Angelika Schulz-Parthu, Mitherausgeberin
lebt seit 1950 in Ingelheim, Verlegerin des Leinpfad Verlags, Mitglied der „Mörderischen Schwestern" und der „Bücher-Frauen".

Frauke Schuster
Jahrgang 1958, wuchs in Ägypten auf und studierte Chemie an der Universität Regensburg. Neben der Liebe zum Orient und den Naturwissenschaften spielt die Schriftstellerei eine Hauptrolle in ihrem Leben. Bisher hat sie fünf Kriminalromane veröffentlicht, daneben verfasst sie Kurzkrimis auf Deutsch und Englisch. Ihre Kurzgeschichte ‚Quetschkorn und blaue Bohnen' wurde für den Kärntner Krimipreis 2008 nominiert. Frauke Schuster ist Mitglied der Autorenvereinigungen ‚Mörderische Schwestern' und ‚Das Syndikat'. www.fraukeschuster.de

Brigitte Vollenberg
geb. 1953 in Dorsten, Dipl. Betriebswirtin, Mitglied der „Mörderischen Schwestern", Veröffentlichungen in Anthologien und Literaturzeitschriften; der Reiseroman „Wolkenlos chaotisch hoch zwei" erschien im April 2013.

Lieben Sie Krimis? Wir haben noch mehr!

Vera Bleibtreu: Schneezeit
ISBN 978-3942291-20-0, 172 Seiten, Broschur, 9,90 €

Antje Fries: Nibelungen-Tod
ISBN 978-3-937782-97-3, Broschur, 256 Seiten, 10,90 €

Johannes Gerster: Bombenstimmung am Rosenmontag.
Krimisatire, ISBN 978-3-942291-63-7, 229 S., Broschur, 9,90 €

Jürgen Heimbach: Chagalls Rache
ISBN 978-3942291-19-4, 324 Seiten, Broschur, 11,90 €

Clara Herborn: Schwarzer Rhein
ISBN 978-3942291-23-1, 230 Seiten, Broschur, 9,90 €

Peter Jackob: Das Leben ist kein Tanzlokal. Krimi
ISBN 978-3-942291-29-3, 224 Seiten, Broschur, 9,90 €

Katja Kleiber: Dicker als Blut. Ein Frankfurt-Krimi
ISBN 978-3-942291-63-7, 229 S., Broschur, 9,90 €
Auch als E-Book!

Claudia Platz: Das Blut von Magenza
ISBN 978-3-942291-09-5, 620 Seiten, Broschur, 14,90 €
Auch als E-Book!

Claudia Platz: Betreff: MORD!
ISBN 978-3-942291-09-5, 620 Seiten, Broschur, 11,90 €
Auch als E-Book!

Andreas Wagner: Hochzeitswein. Ein Weinkrimi
ISBN 978-3-942291-21-7, 184 Seiten, Broschur, 9,90 €
Auch als E-Book!

Andreas Wagner: Schlachtfest. Ein Weinkrimi
ISBN 978-3-942291-44-6, 184 Seiten, Broschur, 9,90 €
Auch als E-Book!

Leinpfad Verlag.
Der kleine Verlag mit dem großen regionalen Programm!
Leinpfad Verlag, Leinpfad 5, 55218 Ingelheim, Tel. 06132/8369, Fax: 896951
www.leinpfadverlag.com, info@leinpfadverlag.de
Wir schicken Ihnen gerne unser Programm!